新版

お金の減らし方

森 博嗣

JN073428

SB新書
657

新版のまえがき

本書『お金の減らし方』は、二〇二〇年四月に発行された。執筆したのは二〇一九年の春だから、コロナ禍以前。ウクライナもガザも戦争になるまえのこと。「来年は東京オリンピックだ」といった頃である。当時、僕のHPにこの本を以下のように紹介した。

「お金を増やす方法を書いてほしいと依頼されましたが、お金を増やした経験がないので、しかたなく、減らす方法を書きました。ただ、減らし方も、普通の人よりは知らない方だと思います。大事なことは、いつも書いていますが、『欲しいものを買う。必要なものは買わない』ということです。この本を書いたことで、またお金が増えてしまいました。」

お金が増えてしまったというのは、もちろん本書で得た印税を示している。ただ、これまでに僕が上梓した新書のなかでは、部数が伸びていない本だといえる。やはり、タイトルに問題があったのだろうか。正直に書きすぎたのか。

さて、執筆から五年が経過した。編集者から「新版を出したい」と連絡があり、ゲラを読み直し、今このように「新版のまえがき」を書いている。この五年間で時代が変わったような気もする。日本では、インフレになり、円安が進み、株価も上昇、政権の人気は低迷、自然災害も幾つか。だから、本書の内容も、どこか修正しないといけないかな、という気持ちでゲラを読んだのだが、何一つ直すところがなかった。僅かに、表記を変えた程度。僕自身に変化がなかったことが要因だろう。

僕は、最近になって年金をいただけるようになった。執筆の仕事は、五年まえの半分以下まで減らすことに成功した。毎日をほとんど遊んで過ごしている。それ以前から遊び惚けていたのに、まだ遊ぶことがあったのか、と思われるかもしれないが、人間は遊ぶために生きているのだ。いくらでも遊べる。遊べなくなったらお終いだ。

最近増えてきているのは、「FIRE」の例として森博嗣を取り上げている書込みである。FIREとは、経済的自立&早期退職の略らしい。しかし、僕は経済的に自立していないし、早期退職した覚えもない。それどころか、そのいずれの概念も、実在すら疑っている。

特に、経済的自立なんて、現代では不可能な離れ業といえる。迷子の小学生か幼稚園児なら、あるいは可能かもしれないな、と想像することしかできない。その昔の流行語に「脱サラ」というのがあった。あれに近いのかな、という程度の認識である。そういわれてみると、僕はたしかに脱サラだ。僕の親父も脱サラで工務店を起業した。「会社員と結婚したつもりが、客相手をしなければならなくなった」と母は嘆いていた。一方、僕の奥様（あえて敬称）は、「貧乏な公務員と結婚したつもりだったけれど、突然夫が作家になって、欲しいものがなんでも買えるようになった」と喜んでいらっしゃる。

稼いだ金に応じた生活を、誰もがしている。そうするしかない。余分に稼いだときはさらに遊べば良いし、金が不足しているなら我慢をして働くしかない。どちらも同じく成り行きであり、必然というか自然である。どちらが偉いということもない。自分の人生計画を持つと、多少は望みに近い方へ近づける、という程度の違いである。

ほとんどの人が、この自然の流れに従って生きているように観察できる。空腹になったらなにかを食べる。満腹になったら食べるのをやめる。それと同じように、やりたいことがあったら、お金を稼ぐしかない。お金を稼いだら、好きなことをする。それでお金がなくなってしまっても、しばらく満足は残るだろう。美味しいものを食べたときと同じだ。

しかし、生き続けるためには、いずれまた食べないといけない。仕事をして金を稼ぎ、生きるために食べる。自分が好きなもの、美味しいものを食べたい人は、ちょっと余計に働く必要があるし、食事に興味がない人や少食の人は、あくせく働かなくても良い。どちらが偉いわけでもない。そういうことを、この本に書いたつもりである。

結局は、自分の好きなことをすれば良い。それができるように頑張れば良い。誰でもそれが可能である。もし、それができない、自分の好きなことがさせてもらえない、という方がいるとしたら、それは過去に、自分に不相応なものを食べてしまったからだ。そのツケが今になってその人の前に立ちはだかっているのだろう。恨むなら、過去の自分を恨み、改心し、ひとまずはそのツケを払って、出直すしかない。

自分の好きなことは借金をしないとできない、とおっしゃる方は、借金をすれば良いだろう。借金は違法ではない。なにも悪くはない。誰かを責めているのでもないし、嫌味をいっているのでもない。思いどおりにすればよろしい。

年金をもらっていると書いたが、僕の場合、共済年金と国民年金をいただいている。月額で十七万円くらいかな。ありがたい、といいたいけれど、支払った分が戻ってきている段階であり、まだ黒字にはなっていない。そこまで生きていられるか自信がない。

毎月新刊を出していた頃と比較し、作家の仕事は激減させた。もうほとんど「無職」に近い本物の隠居になった。寿命から考えて、残りの時間で、今持っている資産をどこまで減らせるだろうか、という不安を抱えている。

なにしろ、欲しいものはほとんどもう買ってしまったから、この頃、思うようにお金を減らすことができない。買ってしまった膨大な量のおもちゃ、ガラクタ、部品、資材などが倉庫に眠っていて、これを残りの時間で消費することは、まず不可能だ。新たに欲しいものが登場することに望みをかけているけれど、目が肥えてきたから、滅多なことで欲しくならない傾向にあり、けっして見通しは明るくない。

世界中の模型屋を探し回っていた頃が懐かしい。あの頃は無知だったから、なんでも魅力的に見えた。買えない、見つからない、という状況が楽しかった。今は、ネットですぐに連絡がつき、それどころか、むこうから「面白い出物がありますよ」と連絡が来る。そして、たいていは、「それなら持っています」と断ることになる。

したがって、欲しいものは幾らかあるものの、それらはまだこの世に存在しないものばかりになってしまい、この世に存在するもので、僕が欲しいものは底を尽きつつある。こうして、ますますお金の減らし方に苦慮しているのが現状だ。『お金の減らし方』という本の著者なのに、お金の減らし方に行き詰まっている。どうしたらお金を減らせるのか、教えてもらいたいほどだ。

ただ、頭を冷やして考えると、欲しいものが激減しているのは、嘆かわしいことかもしれないが、倉庫に眠っているものは、すべて自分が欲しいものである。何が眠っているのか、覚えきれないし、すっかり忘れてしまうことさえあるから、それらを見つけるたびに大喜びできる。老人になって記憶が不自由になることで救われている、といえる。案外、これで楽しめているのだ。だから、さほど自分の境遇を悲観していない。まあ、こんなものだろうか。

必要なものは、今でも買い渋っている。つい先日、奥様が僕のTシャツを（なんの相談もなく）四着もネットで購入した。六万円くらいだったらしい。Tシャツが一枚一万五千円もするのか、と衝撃を受けた。まだ見ていないが、どうやら、かつて僕がよく着ていたブランドのものらしい（当時も買っていたのは奥様だが）。

毎日、僕はそのブランドのTシャツを着ている。それ以外のTシャツは持っていない。五十着くらいあるから、五十日分だ。ここ十年以上、新しいものを買わなかったはずなので、その五十着だけで着回していたことになる。安いTシャツなら、とっくに劣化していただろう。

　その中でも、よれよれになり、ほつれているものがあった。そうなると、その劣化したTシャツを僕は優先的に選んで着る。庭仕事や工作で汚れる可能性がある日々に適しているからだ。誰かに会ったり出かけたりすることはないので、状態の良いTシャツは滅多に選ばれない。劣化組ばかり使用頻度が増し、ますます劣化に拍車がかかる。こうしてTシャツ格差が生まれ、よれよれのものと、新しそうなものに二極化する。奥様はこの状況を見て、「早く捨てなさい」とおっしゃっていた。まだ着られるから捨てないでいたら、嫌味のためか、新しいものを買ってきた。そういうわけである。

　靴下は、まったく同じものを何足も持っている。そうすれば、どれかに穴があいても、もう片方を捨てなくても良く、全体に与える影響が少ない。靴下は年中同じ種類のものを使っている。出かけないから、着るものは多種類はいらない。鞄は、スニーカとスノーシューズの二種類だけ。ファッション的な機能はいらない。

　外食はしないし、旅行もいかない。電車やバスに乗らない。店に入らない。財布を持って出かける機会がない。買い物はすべてネットだけれど、その九割は、電子部品か金属材料である。

自動車は必要なものに属するけれど、五年まえにクラシックカーを買ってしまい、犬と一緒にドライブしている。僕以外には運転できない。雨や雪の日は乗らない。半年に一度、オイルを交換し、点検を受けている。奥様が乗っている車はツーシータだから、大きいものが運べない。家にある車はどれも小型で、家族と犬を全員乗せて出かけることができない。ラジコン飛行機を飛ばしにいく日にはレンタカーを借りている。森家はかように、「必要なものは買わず、好きなものを買う」とのポリシィに徹しているので、見かけ上、不便なことを楽しんでいるようだ。

今回の新版では、古市憲寿氏から解説をいただいた。大変面白く読ませていただき、それでつられて、今これを書いている。彼は、何が楽しいのかわからないけれど、いろいろなことにお金を使っている様子を書かれているけれど、僕も彼の年齢のときはそうだったかもしれない。ただ、おぼろげに、「なにか楽しそうだな」と匂うものに手を出していた。そして、そんな経験を積み重ねるうちに、どんどん鼻が利くようになった。だから、全然無駄というわけでもなかっただろう。

僕の倉庫に溜まっているガラクタも、匂ったから手に入れたものたちだ。自分のお金を使って、楽しめそうなものを手に入れておくと、いずれは、そんなガラクタか思い出に囲まれた日々を送ることができる。

楽しそうなものの集合に、本当に楽しいものがある確率は高い、と数学的に、否多分に経験的にいえそうだ。

二〇二四年三月　森博嗣

まえがき

突慳貪な作者

自分から本を書きたいと思うことはない。すべて、出版社からの依頼に応えて書いている。僕は、ものを書くのが仕事であり、職人に徹している。芸術家でもないし、もちろん啓蒙家でもない。自分の意見を広く世の中に伝えたい、問いたいといった考えは、これっぽっちもない。ただ、自分が考えたことを素直に、そのまま言葉にしている。したがって、その文章が誰かの役に立つかどうかは、僕にはわからないし、ほとんど無関係といっても良い。もし、誰の役にも立たなかったときは、次から仕事が来なくなるだろう。それでも良い、と僕は考えている。

そういった基本的なスタンスは、これまで書いた僕の本のどれにも共通していることだ。

でも、最初からいきなり、そんな本音を書かなくても良いではないか、と編集者から言われそうな気もした。

今の世の中、「である」調で書いただけで「上から目線だ」「この人は威張っている」と非難される。商品は、消費者のために作られるものであるから、頭を下げて、神様か腫《は》れものを扱うように、丁寧に優しく対応すべきなのだろう。その種のことが面倒なので、僕はしない。特に、悪意はないし、恨みがあるわけでもないことは、念のためにお断りしておきたい。今、気分が悪いということも全然ない（今日も楽しいことばかりだった）。

天邪鬼な作者

さて、本書の執筆依頼は、「お金の増やし方」について書いてほしい、というものだった。これは、至極《しごく》まっとうな依頼といえる。そんな方法があるなら、誰もが知りたいだろうし、もし知っていたら、誰にも教えないはずだ。

読者の皆さんも、うすうす「もしかして、そうなんじゃないのかな」と思われたことだろう。特に、森博嗣を知っている読者ならば、なおさらそう思われたのにちがいない。

ＳＢ新書では前回、「作家の集中力」という執筆依頼を受けたが、その結果、『集中力はいらない』という本を書いてしまった。森博嗣は、天下御免の天邪鬼《あまのじゃく》であるから、当然こう（真逆に）なることは予想ができたはずだ。読者の一部も、長いつき合いの間に慣れきって、自然に想像されたことと思う。もし、「お金の減らし方」という本を依頼されたら、「お金の増やし方」について少しは考えたかもしれない（これは冗談です）。

お金に無縁の作者

それにしても、何故、僕に「お金の増やし方」なんてテーマを依頼したのだろうか？

僕は、お金を増やした経験がない。というよりも、お金は増えないのが自然だと信じている。ずっと人生を遡《さかのぼ》って、つらつらと思い浮かべてみたのだが、お金を増やそうとした記憶がない。そういえば、四十年くらいまえは、銀行の定期預金の利子《りし》が七パーセント以上もあったから、十年も預ければ預金額が二倍になったりしたけれど、その当時の僕は貧乏だったので、預金なんてほとんどできないに等しい生活だったのである。

かつて「バブル」と呼ばれた時代があった。ＮＴＴの株を買って儲けたとか、土地やマンションを転売して儲けたとか、景気の良い話が、わりと身近から聞かれたわけだが、僕はまったく関心を持てなかった。自分には無関係な遠い世界の話題だ、と聞き流していたように思う。

その頃、僕は結婚して就職したばかりで、しかも子供も生まれた頃だった。国家公務員の安月給だったが、僕と同じ大学から建築会社に就職した元同級生たちは、僕の倍も稼いでいた。結婚も少々早かったし、子供も二人生まれたから、奥様(苦労をかけたので、あえて敬称とさせていただきたい)は働きに出ることもできなかった。僕の両親からも、奥様の両親からも、遠く離れて暮らしていたから援助も受けられなかった。

それでも、結婚二年め、最初の子供が生まれるとき、給料の四十パーセントの家賃の新築マンションへ引っ越した。少々冒険的な選択だったが、将来のために考えたことだった。そのマンションには、大学病院の先生たち、つまり医者が大勢住んでいた。僕の奥様はママ友と一緒に喫茶店にも行けなかった。お金がなくて、とてもそんな贅沢はできなかったからだ。よくも離婚されなかったものだ、と今になって少し反省している。この詳細は、のちほど語ろう。

五百円玉貯金をして

そのぎりぎりの生活は、十年くらい続いただろうか。国家公務員ではあるが、大学の教官であり、年々一定の昇給があったから、だんだん給料が上がってきた。対照的に、社会は不況となり、デフレである。ものは安くなり、物価は上がらない。だから、僕たち家族は、貧乏脱却を自然に果たしたことになる。

　就職して十五年ほど経過した頃には、給料は二倍以上になっていた。でも、これから子供たちは大学へ行くことになる。国立大学は必須だとしても、遠いところだと下宿代がかかる。困ったことだな、とぼんやりと考えていた。それでも、まだ、お金を増やそうなんて考えたことはなかった。

　三十代の後半になって、生活は安定していたものの、僕は自分の夢を実現したくなった。それは、庭に自分が乗って遊べる鉄道を建設することだった。その第一歩として、五百円玉を貯金して、なんとか機関車のキットを購入することができた。この貯金に二年以上かかっている。貯めたのは二十数万円だったが、機関車のキットを買うためには、これでも不足していた。しかし、なんとか、奥様に頭を下げて購入することができた。

　このキットを完成させても、走らせる場所がなかった。当時の自宅の庭には、ガレージも含めて、線路は九メートルほどしか敷けない。しかも真っ直ぐである。だから、石炭を焚いて汽笛を鳴らして出発しても、たちまち行き止まりになる。すぐにバックしなければならなかった。僕が運転し、子供たちも一緒に乗ったが、全然面白くなかったことだろう。いつかは、広いところで走らせよう、と夢を膨らませるばかりだった。

もっと儲かるバイトはないか

大学では助手から昇格し、助教授（現在の准教授）になっていた。この仕事では、助手の頃から残業手当というものがない（管理職扱いなのだ）。毎日超過勤務をしていたが、一銭もつかない。また、出張が頻繁であるけれど、大学が出してくれる旅費では、東京へ一泊の出張をしたら、それで一年分を使い切ってしまう。あとは自費で行くしかない。技術書を書けば、多少は印税が稼げるけれど、微々たる金額である。なにしろ、発行部数が非常に少ない。読む人が限られているからだ。

他大学へ非常勤講師として授業をしにいったり、一級建築士の講習会の講師をしたりといったバイトはできる。これは勤務時間外であるし、大学にも届ける。もちろん確定申告もしなければならない。それでも、忙しいわりに、いただける給与は安い。

なんとか、もっと儲かるバイトはないものか、と思案したが、毎日勤務しているし、勤務時間の倍くらい大学にいる。土日もほぼ出勤していた。盆も正月も休まない。バイトをしようにも、そんな状況では、とても無理である。
だが、夜は空《あ》いているので、自宅でなにかできないか、と考えた。そこで、思いついたのが、小説を書くことだった。

バイトで小説を書いてみた

夏休みだったかと思う。でも、もちろん大学の教官には夏休みなどない。講義がないから、一番研究が進められる時期であり、かえって忙しい。それでも、毎晩帰宅したあと、パソコンで小説を書いてみた。睡眠時間を半分にして書いたら、一週間ほどで書き上げることができた。

慣れない作業だったけれど、思いのほか、すらすらと書けたので、これなら仕事としていけるのではないか、という感触があった。人生で最初に書いた小説だ。それまで、そんなものを書いたことは一度もなかったので、どんな具合か、やってみるまでわからなかったのだ。

書いたあとで、出版社に送るためには、どうすれば良いのか、と考えた。まず、書店へ行き、これまで手にしたことのない小説雑誌なるものを開き、作品を募集していないか、と探してみた。すると、講談社の雑誌で募集しているのを見つけた。編集部の住所が書かれていたので、その雑誌を購入して帰ってきた。さっそく、プリントアウトした作品を送ってみた。

初めて書いた小説だ。全然むちゃくちゃだったと思う。僕よりもずっと読書家の奥様に読んでもらったら、難しすぎてよくわからない、と言われてしまった。ワープロで書いたから、漢字が多かったためかもしれない。

一転してリッチになった

最初は半分練習のつもりだったので、次の作品をすぐに書き始めた。ちょうどその第二作が書き終わった頃、講談社から電話があったのである。

しかも、僕の家ではなく、隣の家にかかってきた電話だった。いったい何があったのか、と不思議に思ったが、自分の家の電話番号を間違えて、隣の（実は僕の両親が住んでいる実家だった）家の電話番号を書いて送ってしまったのだ。この程度には、うっかり者である。

それで、講談社の編集者と会うことになったが、僕の作品を気に入ってくれて、本にしたい、と言われた。まさか、こんな簡単にバイトが成功するとは予想もしていなかった。当時は、講談社がどれくらい大きい出版社かも知らなかったのだ。

そういうわけで、その後、書くもの書くもの、つぎつぎと本になり、どんどん印税が口座に振り込まれるようになった。森家は、一気にリッチになったのである。夢のような話だが、嘘ではない。脚色なく書いている。本当にこのとおりだった。

しかしなにも変わらなかった

しかしながら、生活にはまったくといって良いほど変化がなかった。

書店には自分の本が並んでいるはずだが、そもそも書店にあまり行かない。仕事場でも、小説を読むような人間はまずいない。いつもどおりに出勤し、同じようなペースで仕事を続けた。

何が変化したかというと、もちろん収入である。作家としてデビュした最初の一年で、当時、大学からもらっていた給料よりも多い印税をいただくことになった。このため、子供たちを中学から私学へ入れることができた。もともと私学へ入りたいと本人たちが希望していて、小学五年生からは、これも本人たちの希望があって、塾に通わせた。合格したら金がかかるな、とは思っていたものの、タイミング良く印税が入ったので、心配することもなくなった。生活への影響といえば、それくらいである。

僕も、僕の家族も、まったく影響を受けなかった。これは、僕にしてみれば、普通のことであり、特に疑問も抱かなかったのだが、のちのちいろいろな人から指摘された。つまり、それだけの大金を得たのに、どうして同じなのか、という疑問を持たれたようである。

その答は明確だ。僕は、もう少し長く線路を敷きたかったから、バイトをしたのである。この目的は、その後も変わらず維持され、作家になって数年後にほぼ実現し、さらに数年後には、もっと大きく展開することになる。

現在もなにも変わっていない

年収は一億円を優に超えたが、僕は相変わらず、毎日大学へ出勤し、一日十六時間くらい勤務していた。これは、定められた勤務時間のほぼ倍である。それくらい忙しい毎日だったのだ。家族旅行に出かけたことは一度もない。子供たちは、その後順調に成長し、二人とも第一志望の大学に入学し、東京と京都に下宿をした（二人の年齢差は一年である）。このときに、十万円ずつの仕送りができたのは、もちろん高収入のおかげだった。彼らにとっては、それくらいの影響だったかと思う。

小説を書いた数年後に、別荘地に広い土地を購入し、そこに線路を敷くことができた。夢が実現したのである。そして、自分で作った機関車をそこで走らせて遊ぶことができるようになった。ただ、そうなっても、生活はほとんど変わらなかった。

僕は、欲しいものはすべて買ったけれど、それらのうち比較的高額なのは、模型を作るための工具（旋盤とかフライス盤）くらいだった。僕の奥様も、幾つかブランドもののバッグやコートを買われたようだが、そのつど僕に相談し、「高いんじゃないかな」とおっしゃったので、僕は「欲しかったら買えば良いよ」と返答しただけである。傍《はた》から見ても、贅沢をしているとは感じられなかっただろう。実際に、無駄遣いはしていない、と自分でも観測している。

印税で二十億円を超える収入があったけれど、僕たちは、今もマクドナルドのハンバーガセットくらいしか、外食をしない。子供たちは、二人とも独立し、既に三十代である。社会人になってからは、なにも援助をしていない（アパートを借りるときに、保証人になった程度だ）。

お金を増やそうとは思わない

引越をして、そのつど、広い土地に移った。理由は、線路をもう少し長くしたい、という目的があったからだ。また、犬を飼っていたので、犬が暑がらない土地が良いということで、涼しい土地を選んだ。

作家としてデビューした十年後になって、ようやく大学を退官した。ちょうどその頃、僕の両親が二人とも続けて亡くなったし、子供たちも成人になったので、気軽に引越ができたというわけで、無理なことをしたつもりはない。

今も、そのままの生活をしている。作家の仕事は努力して減らしている。ありがたいことに、依然沢山の執筆依頼があるけれど、そのほとんど（九割以上）をお断りしている。現在、一日に平均四十五分ほどしか、作家の仕事をしていない。あとは、遊んでいる。趣味の関係でやりたいことが沢山あるからだ。趣味には、もう金がかからない。自分でものを作ることが大好きなのだが、既に工具は揃《そろ》っているし、材料費などは金額が知れている。

結果的に、貯金は増える一方だ。増やそうという工夫はしていないが、金は増えている。どうしてなのか。それは、働いているからだ。今の僕は、定期預金さえ持っていない。メインバンクでは、利子がつかない口座にしている（銀行が倒産したときの保証のためである）。

株などの投資も一切していないし、日本以外の銀行へ預けるような工夫もしていない。値上がりしそうなマンションを買ったこともない。また、ギャンブルも一切しない。宝くじも買わない。金が増えそうなことに、まったく興味がない。

ときどき「運用しませんか」という誘いがあるけれど、「増やしたくありませんから」と断っている。そんな面倒なことをしないでも、今こうして書いているように、思いつくことを文章にすれば、それが金になる。仕事というのは、少なくとも投資やギャンブルよりは期待値が高い、と僕には思える。仕事をすれば、金は増える一方だ。

欲しいものにしかお金を使わない

他方、僕は金を減らす方法をほとんど知らない。一般的な金の使い方を知らないといっても良いかもしれない。世間で「お金持ち」として知られる人たちの生活を、ときどき見ると、あんなことは僕にはできないなあ、と感心するばかりである。また、大勢の人たちが、「お金持ちになりたい」とおっしゃっている。どうして、そう思うのか、僕には今ひとつ理解できない。

この本の主題になるのは、おそらくそこだろう。僕は、一般の大勢の方とは異なる金銭感覚を持っているらしい。自分では、全然問題でもなんでもない。僕は、自分が使いたいものや、欲しいものを買うために、お金を使っている。

そんなことは、誰でもそうだろう、と皆さんはおっしゃることだろう。しかし、僕から見ると、大勢の方は、自分のためにお金を使っていない。誰か人に見せるために使っているのである。そこが決定的に異なっているように感じる。

僕が、お金の使い方を知らない、というのは、人に見せるための使い方ができない、という意味だ。これを突き詰めていくと、人から羨《うらや》ましがられたいという気持ちが欠如している点に原因がある。僕は、人から憧《あこが》れられたり羨望されたりすることに価値を感じない。その方面の感覚がもともとない。それを感じ取る能力が、きっとないのである。

逆にいえば、多くの方々が、あまりにも周囲の他者を気にしすぎているのではないか、という点を、少しだけ強調しておきたい。僕自身には無関係なので、そんな主張をしたいわけではないけれど、本を書いているのだから、ある程度は社会的というか、一般に役立つような知見が求められるだろう、と想像して書いている。

収入の二割を遊ぶために使う

本当に自分がしたいことか、本当に自分が欲しいものか、ということをじっくりと考えれば、多くの無駄遣いが自然になくなると思われる。その点について、いろいろな方面から考察していきたい。

僕は結婚をしたときに、パートナとなった今の奥様に、僕の方針のようなものを幾つか説明した。それには、僕なりの理屈があるのだが、単純にこういった方向性で家庭を運営していきたい、という希望、あるいは期待だった。

その中には、ちょっと一般では考えられないものがある。たとえば、「欲しいものはなんでも買えば良い、でも必要なものはできるだけ我慢をすること」という方針。それは反対だろう、と思われるのにちがいない。

また、どんなに貧乏なときでも、僕は収入の一割を、自分の趣味のために使った。同様に、奥様にも「一割を遊ぶために使いなさい」と言った。そして、残りの八割で生活を維持していこう、という大まかな方針だった。この方針は、結婚以来三十七年になるが、今も生きている。

ときどき、近所の人が、僕が遊んでいるところを見にくる。僕のガレージは、車が三台入る広さがあるのだが、今はすべておもちゃ（自作した飛行機、ヘリコプタ、機関車など）に占領されている。そこを見た人たちは驚いて、「家族の理解がよく得られましたね」とおっしゃるのだが、僕は、首を傾げるばかりだ。どうして、家族の理解が必要なのか？

奥様も、僕と同じように好き勝手に遊んでいるだろう。経済的には、ほぼ同等である。僕は、彼女がなにを買うのか、理解を示しているのだろうか？　そういう理解がいらないように、最初に一割までは自由に、と決めたのだ。

このような理屈は、小学生が遠足に持っていっても良いオヤツの金額が決まっているのに似ている。子供だから、そういった決まりに従って、粛々《しゅくしゅく》と実行する。僕はまだ子供なのかもしれない。

お金を減らしたかったら借金をしろ

ただし、自由になるお金を、もし増やしたいのなら、二つの方法が絶対に有利なものであることは確実だ。

一つは、インプットに励むこと。つまり、仕事に精を出すことである。もう一つは、アウトプットを慎むことであり、できるかぎりお金を使わないこと。

そんなの当たり前だろう。身も蓋《ふた》もない結論を書いてしまったが、これ以上に効果的な方法はない、と断言できる。これは、ダイエットだって同じだ。食べずに運動をすれば、体重は確実に減る。非常に簡単である（少なくとも、お金のコントロールよりは簡単だ）。

もう一つ、非常に重要なことがある。お金を減らしたいなら、借金をすることだ。これは、僕の父からの数少ない教えの一つだった。彼は、建築業を営む商売人だったが、借金を一切しなかった。高度成長期のインフレの時代だったから、借金をしないことは非常に不利だった。そのため、会社は大きくならず、一代で畳むことになった。だが、息子の僕は非常に助かった。遺産は土地と少しの貯金だったが、債務はゼロだった。もちろん、母の場合も同じである。

僕は、借金をしない。これは若い頃からの大事な方針である。これが守れたのは、そもそも借金をするほど欲しいものがなかったためだ。ローンも、ただ一回の例外を除けば、経験がない。買うものは、いつも現金で一括して支払っている。威張れるようなことではない。それが普通だ、という価値観なのである。

今現在、借金やローンを抱えている人には申し訳ないが、たぶん、この本を読むと、腹が立つことばかりだろう。「そんなこと言われても、今さら遅いよ」と思われるにちがいない。

そのとおり、遅いのである。

自分の好きなことをするために

できるだけ早くから、自分の生き方をデザインすることが、とても大事だと思っている。自分はどんな人生を歩むのか、という大方針を早く持った方が良い。

人々の流れに身を任せて生きていく、と決めたのなら、それも良い。否《いな》、そもそも良い悪いの問題ではない。各自が勝手に、自分の好きなように生きればよろしい。そして、自分が思い描いたとおりに生きることができれば、これこそ最高だろう。それが、自由というものの定義でもある。

「やらなければならないことが多すぎて、自分の好きなことが全然できません」という相談をときどき受けるのだが、これを打開するためには、「自分の好きなことをするために、やらなければならないことをしてみてはいかがでしょうか」が答である。

さて、本書では、僕がどんなふうにお金を使ったのか、どのようにしてお金を減らそうとしたかを述べたい。きっと、あなたの減らし方とは異なる点が多々あるだろう。諄《くど》いようだが、良い悪いの問題ではない。僕のやり方に対して、賛同を求めているのでは全然ない。違う価値観にときどきは触れて、新しい考え方を取り入れることで、それぞれが得をすることが往々にしてある。そういったヒントになることを各自が見つけて、自分に活かしていただければ、この本を読んだ時間が無駄にならないだろう。

新版　お金の減らし方　目次

第２章　お金を何に使うのか？　83

要性より欲しいから買う／贅沢がいけないとは思えない／衣料品に欲しいものはない／住宅は単なる道具である／土地は住みたいところを選ぶ／子供たちとの関係

第3章 お金を増やす方法

餌で釣られないように／確実にお金を増やす第一の方法／手っ取り早くお金を増やす第二の方法／リスクと引き換えでお金を増やす第三の方法／さらにリスクの高い第四の方法／ギャンブルはお金を減らす立派な方法／人からお金をいただく方法／遺産がもらえても遅い／人間の仕事はどんどん楽になっている／工学部は就職を斡旋している／手に職をつける、ということ／仕事量と賃金は比例していない／仕事を覚える、ということ／就職と転職について／大学や大学院の社会人入学／会社勤めを辞めて商売を始める場合／感謝をされる仕事がしたい症候群／先輩が仕事を教えてくれない症候群／嫌な思いとお金を交換する／とにかく勉強が大嫌いだった／研究の面白さを知って大学院へ／タイミング良く研究職に就いて／助手だったときが人生の華だった／助教授になって、少し世間を知る／仕事としては、効率が低い／やりたいことを実現するために／仕事には未練も憧れもなかった／好きなものを仕事にしなかった／自分が何に向いているかは案

※本書は、二〇二〇年四月に小社より刊行された『お金の減らし方』を、加筆・修正・再編集したものです。

第１章

お金とは何か？

お金はもともと仮想のもの

「金」と書くか「お金」と書くかは、ちょっとした問題である。「金」と書くと、gold の意味だと間違われやすいので、「お金」と書くことが多い。また、人と話すときには、「金」よりも「お金」の方がずっと上品に聞こえる。僕が観察するところでは、お金持ちは「お金」と必ず言う。「金」と言うのは、お金に縁のない人に多い傾向が観察される。これは、農家が「お米」と言うのに似ている気がする。自分で稼いだ大切なものには「お」をつけるのが、日本の文化なのではないか。

それはさておき、「お金」を知らない人はいない。子供でも知っている。幼稚園児でも、例外なく知っているはずである。しかし、この常識はそろそろ怪しくなっているかもしれない。なにしろ紙幣や硬貨ではない「お金」が広く出回りつつあって、今にも一般的になりそうな勢いだからだ。日本は、まだそれほどでもないようだけれど、国によっては、電子マネーの方が完全にメジャになっているところもある。それらも、「お金」であることに変わりはない。

電子マネーが登場する以前から、「お金」はとっくに電子化されていた。たとえば、通帳に書かれた数字が、もう電子であり、デジタルだ。通帳の紙に印字されているだけなのに、その数字に価値がある、と思い込める社会が、つまり現代なのである。昔の人が聞いたら、苦笑して「まさか、そんなものを信じる時代になるはずがない」と首をふったことだろう。

お金は社会が保証したもの

しかし、現在のたとえば日本であれば、全国どこへ行こうが紙幣が使える。お金は普遍的な価値を持っているように見える。落としたりしたら大変だし、皆さんが大事に大事にお金を扱っているのだ。

僕は経済学を大学で学んだ経験はないけれど、それでも、お金というものが社会で使われているのは、つまり国や政府が国民に信頼されている、あるいは法律が社会秩序の要《かなめ》となっている、というくらいは理解できる。

社会なんて俺には関係ない、と豪語する人もいるだろう。そんな反社会的な人間になったとしても、財布に日本銀行の発行する紙幣を入れて、大事に持ち歩いているはずだ。それがないと、弁当も買えない。電車にも乗れない。お金がなかったら、すべてを自給自足して生活していかなければならない。もう、そんな生活は、今ではほとんど不可能だと断言しても良いだろう。

お金が成立するのは、社会で大勢の人間が分業し、お互いの生産物を交換するような場が保証されているからだ。ただ人間が大勢集まっただけで、自然に発生したものではない。持ちものを交換するほどの知性があっても、なかなかお金のシステムまでは作れない。お金が成立するためには、社会を牛耳《ぎゅうじ》る絶対的な権力が必要なのだ（牛耳るというのは、やや不適切だろうか）。

お金は価値を測る物差し

ただし、ここで大事なことは、お金というのは、ものの「価値」を仮に数字にしたものであり、それを示す指標でしかない、という点である。お金がさきにあったわけではない。それ以前に、世の中にあるもの、つまり、物品や、あるいは作業の結果などに、それぞれの「価値」があった、という点を忘れてはいけない。その価値を認めなければ、交換することもなかったはずだ。

たとえば、美味しい芋《いも》が一つもらえるなら、庭の掃除を半日してやっても良い、という交換が成立する場合、芋一つと庭を掃除した結果に、同じだけの価値がある、という認識を、少なくとも交換をする両者が持たなければならないだろう。もし、この「価値」が等しいことが成り立たない場合は、芋をもう一つ増やさないと、同じ作業がしてもらえなかったりする。それでも、物や仕事にある一定の「価値」がある、という点は同じだ。

そんな当たり前の話は必要ない、と思われる方が多いかもしれない。しかし、ここが肝心なところである。たとえば、ある商品を買おうかどうしようか、と悩んでいるときに、何をどう比較するのか、という問題に、この認識が必要になる。

五千円のバッグを買うかどうか迷う場合、普通は、そのときに財布に入っている金額と、五千円という商品の値段を比較する。この比較は、誰でもするはずである。あとは、そのバッグがどれくらい欲しいか、という気持ちとの比較もあるだろう。だが、気持ちは定性的な（つまり数や量では測れない）ものであり、比較は難しいかもしれない。衝動的に買ってしまう、という人が案外多いことからも想像できる。

価値を交換するためにお金がある

もう少し金銭感覚を持った人なら、こう考えるだろう。「この五千円で、ほかに何ができるだろう?」と。その想像をするのは、だいぶ経験を持った冷静な大人である。

バッグを買うと、五千円がなくなるのだから、その金額で買えるものが消えることと等しい。五千円あれば、美味しいものが食べられるかもしれない。数日後には払わなければならない期限のものがあったではないか。払えなかったらどうなるだろう、と想像する。そうした想像をしたうえで、バッグを買うことを我慢する方が、それらを失うよりはましかもしれない、という結論を導き、購入をしない決断をする。こういった判断を日々しているのが、普通だと思われる。

もう少し比較の範囲を広げられる人は、その五千円は、どのようにして自分のものになったのか、という点を振り返ることができるだろう。バイトで稼いだものか、それとも運良くもらったお小遣いだったか。今後も、この五千円がまた自分の財布に入る可能性はどれくらいだろうか。そんな未来をも想像する。自分で働いて稼いでいるならば、五千円がどれくらいの仕事で得られるものか、といった感覚も持っているはずである。その労力と交換しても損がないほど、目の前にあるバッグは価値があるのか、と考えられたら、なかなかのものだろう。

ものの価値というのは、そのものの値段ではない、という点が非常に重要である。値段はいちおうついているけれど、それは売りたい側が勝手に決めた数字だ。買う側は、自分にとっての価値を、そこに見出そうとする。

ただ、商品として売られているものは、まだ自分のものではない。ある程度は使ってみないことには、その価値はわからない。宣伝されている情報だけでは、充分とはいえないだろう。ここで、経験的な判断が必要になるはずである。自分がそれを手に取ったときに、どのような感じになるのかをイメージして、その価値を、ある程度推測することになる。

価値は誰のためのものか?

本来は自分自身の満足度が価値となるはずだが、多くの場合、別の評価を受けることになりがちである。その最も多い例は、その品物を自分が持ったときに、他者がどう感じるか、という想像をして生まれる妄想《もうそう》的な価値である。

これは、自分以外の人がそれを持っているときに、自分がどれくらい羨ましく感じるか、という体験（あるいは想像）から類推されるものだ。したがって、人のものを見て羨ましいと感じやすい人ほど、自分が持っているもので人を羨ましがらせたい、と考える傾向にある。

このような目的に自分のお金を使うことが、実に多いように観察されるが、いかがだろうか。特に最近では、ネットで持ちもの自慢をしたり、美味しいものを食べた、素晴らしい場所に自分は行った、という証拠写真をアップして、周囲のみんなに見てもらう、という趣味が日本中で流行しているようである。その写真を撮るために、ものを買い、その料理を注文し、その場所へわざわざ出かけていく。これは、人に見せる写真のために自分のお金を使っているわけであるから、人を喜ばせるためのサービスを提供しているのと同じではないだろうか。

おそらく、みんなが自分を見ている、自分は注目を集めている、というイメージで自己満足しているのだと思われるが、それだけの妄想ができるのなら、最初からすべて空想して満足すれば、お金も時間もかける必要がない。いかがだろうか？

他者のためにお金を使う人たち

ちょっと想像してみてもらいたい。もし、写真を撮って人に見せることができないとしたら、それを買うだろうか？　それを食べにいくだろうか？　その場所へ出かけていくだろうか？

いや、それならしません、と答える人は、自分が本当にしたいことを見失っているように思われる。自分が満足できるもの、つまり自分にとって価値のあるものに、自分のお金を使っていないことになるからだ。

もっとも、僕はその点について、少し極端かもしれない。

僕は、自分が楽しめることに、自分のお金を使っている。自分が一番楽しんだ時間、楽しめたことは、人に話さない。たとえば、僕は自分が写っている写真を一切撮らない。作家の仕事をしているため、ブログに載せる写真だけはデジカメで撮影しているけれど、ネットにアップしたあとは、即座に消去している。つまり、写真は僕には価値のないものなのだ（例外として、模型を作るための資料として撮影するものはある）。

写真を撮らなくても、美味しいものは、美味しく食べることができる。その美味しさを人にわかってもらう必要はない。自分が美味しいと感じることが、美味しさのすべてではないか。楽しさも、まったく同じ。自分が楽しいと感じることが、非常に重要なのだ。人に見てもらわないと楽しめないような感覚になっているとしたら、それは、僕からみれば異常である。

もちろん、人それぞれであって、自分はみんなから注目されたい、大勢のアイドルになりたい、という欲求を強く持っている人もいるだろう。しかし、世の中の人の多くがそうなってしまっているのは、どう見ても不自然な感じがしてしまう。

価値を見極めるためには？

お金の使い方の話をしているのだが、そもそも、「価値」をどう見極めるのか、という点が、お金を使うためのキーポイントになることは、おそらく大勢の方に理解してもらえるはずだ。

この価値を見極める、価値を評価するのは、目ではない。頭だ。未来のことを想像し、自分がそれによって、どれくらい楽しい思いをするだろう、と考える。その楽しさの量が、すなわち価値となる。

商品であれば、それを手に入れて、どれくらい自分が楽しい体験ができるか。楽しく遊べるか。食べるものなら、自分がどれくらい美味しく、そして気持ちの良い食事ができるか。場所であれば、そこへ行って、自分が見るもの、知るもの、感じるものがどれくらい価値があるか、と想像する。その価値を、自分が働いて手に入れたお金と交換しても良いか、自分はその交換で得ができるのか、という判断をする。

ということは、ものを買う、つまりお金を減らすことは、自分が得をするための行為だ、ということになる。

その行為に及ぶときに頭の中で想像するのは、自分の気持ちである。他者がどう思うのかなんて、難しい問題ではない。たった一人、一番長くつき合ってきて、気心が知れている自分自身の少し未来を想像するだけで良い。それくらいのことは、人間の能力として、不可能ではないはずである。むしろ非常に単純だ。素直に考えれば良い。

自分の欲求をよく知ることが基本

もちろん、必ずいつも得をするとは限らない。交換に失敗することもあるだろう。商品を買い被りすぎた場合がそうだ。観測ミスといえる。しかし、それよりも多いのは、自分の気持ちの予測が充分にできなかった場合である。未来に起こる事象を見誤った場合にも、同様の結果となる。これらはいずれも、観察不足が原因である。同じ失敗をしないように、何故見誤ったのかを検討し、その後の予測に活かすことが、損をしないために重要と思われる。

このように、自分の気持ちによってものの価値が決まるということに気づくことが、お金を無駄にしないうえで最も重要な点といえる。もう少し別の言い方をすれば、この「気持ち」というのは、「欲求」でもあるだろう。お金を使って手に入れる価値とは、結局は自分の欲求を満たすことだ、といえる。だから、まず自分の欲求をよく知ることが基本となる。

値段が価値ではない

社会的な観点からは、ものの値段は、一般にそれを売る側、つまり生産者側が決めるものである。買う側が値段を決めるというのは、オークションくらいしか実例がない（オークションでも最低金額は出品者が決められる）。提供する側が決めるというのは、その価値を作り出すために、どれくらいの労力、エネルギィが必要だったかで値段が定められている、という理屈からだ。商売をしている人は、赤字覚悟でものを売ることはない。売れば赤字になるとしたら、商売をしない方が得だからだ。

値段が定められた商品を買わされている側の人たちは、価値というのは、すなわち値段だ、という意識を持ちやすい。一般に、高い値段で売られている品は良いものである確率が高い。これは、市場経済が成り立っているためで、良いものは高くても売れるから高い値段がつけられる。それほどでもないものは、安くしなければ売れない。そういう理屈からである。

値段がすなわち価値だ、という安直な認識に長く浸かっていると、高価なものは価値がある、高価なものを持っていれば周囲から尊敬される、というような歪《ゆが》んだ価値観へシフトしてしまうかもしれない。何が間違っているのかといえば、自分の欲しいものがわからない人間になっている、という点である。簡単にいえば、自分の人生を見失っていることに等しいだろう。自分は何が好きなのか、何がしたいのか、ということを感じられないほど、感覚が麻痺してしまう。一種の病気だといっても良い。

ものの値段に左右されないこと

病気というのは酷すぎるのではないか。他者から羨ましがられたいというのだって、自分の欲求にはちがいないだろう、との反論もあるかと思う。大勢がそういった願望を持っていることは顕著に観察できるし、僕は特に非難をするつもりでもない。ただ、それが行きすぎた場合にどうなるのか、という心配があるとアドバイスしているだけである。どんどんエスカレートすれば、自分を見失う病気に近づいていくことは容易に予測できる。

生産者がどんな事情で値段を決めるのかは、それを買う側にしてみれば、無関係だ、ということを僕は書いている。ものの値段は、もちろん流通に必要な設定値であるし、その金額を出さないと買えないことも事実だが、もっと大事なことは、自分の欲求がどれくらいか、を見定めることであり、結局は、ものの価値は自身の欲求の大きさによって決定するものだ、との認識が基本となる。何度も繰り返しているが、ここが一番大事なところなのだ。

経済学を少し勉強したことのある人なら、これらからマルクスとかジンメルの名前を思い出されるかもしれない。市場経済が発展した社会では、ものの価値がどのように形成され、お金はどんな役割を果たすかが議論されたのだ。しかし、そんな社会的な一般論はここでは無関係である。あなた一人、自分がどう考えるかが、あなたの人生の基本であり、自分を楽しませるために、あなたは生きているのだから、素直に自分の思うとおりに、つまり自由にすればよろしい。

コミュニケーションが個人を拘束する時代

問題は、自分がどう感じているか、自分は何をしたいのか、という基本的なことが、今の情報化社会では見えにくくなっている、という点である。これは僕が指摘しなくても、大勢の方が気づいていることだろう。

周囲とのコミュニケーションが必要以上に個人を拘束しているため、自分がしたいことではなく、みんながしたいことを自分もしたい、と思い込むようになっている。みんなで自分を見失っているような状況に近い。もちろん、そのままで一生を過ごせば、幸せかもしれない。だが、どこかで疲れてしまう可能性も高い。はたと気づいて、自分は本当にこれで良いのだろうか、と自問する人も少なくないはずである。そうなったときに、あるいは、そうなるまえに、少しは自分の頭を使って、自分の価値観を見直し、自分の人生の先行きを想像してみてはいかがだろうか、ということを書いているのだ。

さて、このように、自分本位で、自分の欲求に素直な価値を見出せば、お金というものが、今より少し違ったものに見えてくるかもしれない。

お金がないからできない?

世の中でよく耳にする言葉は、「お金がないからできない」というものだ。一見、お金がないことで困っているように見受けられるけれど、実際に詳しい話を聞いてみると、少し違っている場合がほとんどだ。

多くの人は、「時間」や「お金」が不足しているから自分のやりたいことが実行できない、と言い訳をするのであるが、実は、本当にやりたいことがわからない人である場合が非常に多い。何がしたいのか？　どうしたいのか？　具体的に質問をしていくと、はっきりと答えられない、という場面になる。

一方で、本当にやりたい、どうしてもやりたいと考える人は、「時間」も「お金」もなんとか工面してしまう。自分の好きなことをしている人は、まるで自由人のように傍から見えるけれど、時間とお金が潤沢にあるから、好きなことができるのではない。それは全然違う。かなり苦労して、時間やお金を生み出している。

そもそも発想が逆なのである。僕の周囲で、そういった例を確認してみたが、例外はなかった。

お金に価値がある、という勘違い

今の僕は、自分の好きなことをしている。毎日大好きな工作をして、自分の庭で鉄道に乗って遊び、隣の空地（草原）で模型飛行機やヘリコプタを飛ばして遊んでいる。犬と一緒に散歩したり、ドライブに出かけたりしている。どうして、こんな生活ができるのか。

時間とお金があったからではない。その両方ともなかったけれど、どうしてもそれがしたかったので、考えて、計画し、実行しただけである。時間とお金というのは、やりたいことをするための手段であり、そのためにエネルギィを使って、その両者をまず手に入れた。そのため、目的であった好きなことができるようになった、ということである。けっして逆の順番ではない。

お金は、目的ではない。お金を得ることが目的であるわけではない。目的を達成するための手段として、お金があるのである。これは、お金に価値があるのではなく、目的に価値がある、という意味でもある。

多額のお金を持っていても、なにも良いことはない。そのお金を、自分が欲しいもの、やりたいことと交換しなければ、価値は生まれない。お金を失うことで、価値が得られるのだ。

これを勘違いしていると、貯金が沢山あれば嬉しい、高給であれば偉い、高価なものを持っていれば立派だ、という間違った価値観に支配される。これは、お金に支配された状態だといっても良いだろう。

そして、最も多いのは、高い値段がついたものに価値がある、という思い違いである。それでは、他者が勝手につけた数字で、自分の価値観が左右されていることになってしまうだろう。

自分の欲求を見定めること

では、自分の欲求によって価値を見定めるには、どうすれば良いだろう?

言葉でいうのは簡単でも、具体的にどうして良いか途方に暮れる、という方も多いことと想像する。そうなってしまったこと自体が、価値観が他者依存している証拠でもある。どうやって修正すれば良いのか?

まず、どのようにすれば自分が満足するかを経験しなければならないだろう。価値を決めるものは、自分自身の満足度だからだ。満足とは、面白い、楽しい、気持ちが良い、などの感性によって生まれるものであり、感性が鈍っている人には、そもそも満足を感じることができない。

たとえば、人から褒めてもらえないと嬉しくない、という人間になってしまったら、満足するために他者の協力が必要になる。大勢でわいわいがやがやする時間だけが楽しい、と感じるようになってしまったら、大勢がいないところ、一人だけのときには楽しめない人間になる。こんな状況を、今は「孤独」などと称して恐れているようだ。

他者は関係がない、と思って良い。楽しさを感じるのは、あなたの感性である。これは非常に個人的なものであり、いわば、自分自身で作り出したイメージによって生まれる意識なのである。

目的があれば仕事も楽しくなる

自分が楽しめるもの、自分が面白いと思えそうなものを、どんどん試してみることをおすすめする。その経験を積み重ねるうちに、自分は何が好きかが、だんだんわかってくる。一つ楽しいことが見つかると、つぎつぎと関連したものに興味が湧き、もっと大きな楽しみができるはずである。

そういった体験が、自分にとって何が価値があるのか、を理解する元になる。「価値」を知る体験こそが、価値を生むのである。

そうすると、初めて「お金」というものの価値もわかってくるだろう。お金は、働いて稼ぐものだが、もし自分に確かな楽しみがあって、そのために仕事をする場合には、その仕事も楽しみに変わる可能性がある。

憧れの海へ行って、スキューバダイビングをするためには、まず、船に乗らないといけないし、そのまえに飛行機に乗らないといけない、それどころか飛行場まで電車で行かなければならない、切符を買うために並ばなければならない、少々辛《つら》くても真面目に働く必要がある、というような想像をすると理解できるだろう。目的が本当に価値があるものならば、そこへ向かうための道程が、すべて嫌なものではなくなる可能性がある。そういう体験をたいていの人が持っているはずだ。

もし、自分に楽しみがない場合には、お金には価値がない、ということになるだろう。いくらお金があっても、満足は得られないのだから、ただ生命を維持するために、なんでも良いから買って食べる、という生き方になる。お金がいくらあっても、ほとんどのものに無関心になるのではないか。非常に危機的な状況といえる。

同じ金額を持っていても、自分の楽しみがある人には、その素晴らしいものへの可能性が、持っているお金で測れる。あといくらあれば、どれくらい楽しいことができるか、と想像ができるからだ。

将来にツケを残さないこと

ところで、自分にとっての価値といっても、ある時点では明確に定まっていないものがあるはずだ。ぼんやりとした夢というか、可能性のようなものを抱くことだってある。むしろ、それが普通かもしれない。なにか、こんな感じのことがしたい、こんな雰囲気が実現できたら良いな、というような曖昧な願望であっても、全然悪くない。

明確に思い描けない場合でも、その曖昧な可能性に対して、それに見合うお金を貯めておく必要がある。もしかしたら、お金が貯まるほど、可能性は現実味を帯び、具体的になってくるかもしれない。あるいは逆に、貯まる金額を見て、夢を縮小せざるをえない場合だってあるだろう。それでも、夢の実現に近づいている点では同じである。

借金をして、今すぐに手近なものに飛びついてしまうと、あっという間に抱いていた夢は萎《しぼ》んでしまい、自分の将来に大きなツケを残すことになる。借金というのは、金を貸してくれた人の夢を実現するための手法であって、金を借りた人の夢はむしろ小さくなるのが道理だ。そのためにこそ、利子というものがあり、投資という商売が存在するのである。

ローンというものも、単なる分割払いだと思っていたら大間違いである。三十年以上にもわたるローンを組んで、マンションや一戸建てを購入する人がいるけれど、実際の価値よりはるかに高い額を払うわけだから、得られる価値がそれだけ目減りすることを計算した方が賢明だろう。よほど今すぐに、という強い理由がないかぎり、避けた方が良さそうである。

価値は時間経過で変化する

価値というのは、人間が決めるものであり、当然ながら、時間によって変化する。手に入れた価値は、その後は減少していくのが普通だ。それは、消費されるからである。楽しい思いをしたら、楽しさが消費され、しだいに楽しさは失われる。どんなに欲しいものであっても、入手したあと、ずっと一生同じだけ楽しめるということはない。

物体であれば、時間とともに劣化する。工業製品であれば、性能も相対的に劣化する。手に入れた時点では最新型だったものも、たちまち古くなり、もっと素晴らしい他のものと比較されてしまう。

自分の願望、そして満足も劣化するし、対象物も劣化する。ただし、夢は劣化しない。目的を目指して進んでいる人の中で、夢はむしろ大きく育つ。ということは、借金をして望みを早く叶えて、すぐに飽きてしまうよりも、貯金をして、しばらく夢を後回しにした方が、高い価値を得ることになる可能性が高い。結局は、その方が得だ、といえる。

借金をするくらいなら、逆に金を貸した方が良い。それが、貯金、あるいは投資である。僕自身は、この金を運用する行為には、まったく興味がない。増えたところで微々たるものだと考えている。仕事で稼ぐことに比べて、期待値が低すぎる。むしろ、自分に投資をして、勉強をするなり、修業をするなりして、自分のポテンシャルを上げ、それを活用してより効率の高い仕事に就いた方が得策だろう。

うまい話には裏がある?

投資というのは、たとえば銀行に金を預けておき、銀行がまた誰かに金を貸すことで儲けたときに、その儲けの一部を受け取れるシステムである。はっきり言うと、銀行の方が儲かっているのだ。株でも、一番安全に儲けているのは、証券会社である。

投資のセミナを開いて勧誘するところもあるようだが、もしも確実に儲けられるのならば、どうして人に教えたりするのだろうか？　自分の金でどんどん儲ければ良いだけではないか、と考えてしまい、僕は全然信用していない。

こういったものは、「うまい話には裏がある」と俗にいわれている、古くからのシステムである。信用して引っかかる人が後を絶たない。あえて、苦言を呈すれば、欲の深い人たちが引っかかるということである。

このようなトラブルは、「お金」というものの価値を、その数字でしか把握できないから生じる勘違いが元といえる。そうではなく、お金の価値とは、自分がやりたいことを実現するための可能性なのだ。そう考えている人ならば、楽をして金を増やそうなどと考える暇もないだろう。楽しいことが目の前にありすぎて、金を増やすことではなく、どんな順番で金を減らそうか、とばかり考えているはずだからだ。

お金が目的になるのは倒錯

自分の好きなことがやりたいからお金を減らす、という行為をしっかりと理解している人は、お金を増やすことには、さほど興味を示さない。お金が増えることは楽しみではないからだ。もちろん、お金は沢山あった方が良いことはまちがいないけれど、それはより大きな減らし方が可能になるからである。つまり、お金が貯まって、貯金の金額が増えることなどは、一時的な仮の状態であって、最も自分の満足に近い時間というのは、お金が減るときなのである。そう考えていれば、回り道をしてお金を増やすことに頭を使おうとは考えない。

お金というのは、いったい何か、という点をもう一度思い出してもらいたい。

お金は、自分の満足と交換するためのものであり、価値があるのは、その満足の方なのである。これは、「仕事」という行為に対してもいえることだ。仕事は、お金を稼ぐための手段である。しかし、お金が生み出されるからといって、仕事を愛してしまうというのでは、お金を愛することと同じである。お金を金庫に大事に仕舞って、神様のように拝むような、一種の倒錯といえる。それは、悪いことではないが、少し離れたところから観察すれば、本質から外れている、と評価するしかない。

交換によって個人が自由になる

ここまで読んできて、だいぶ「お金」という存在、その概念を理解いただけたことと思う。お金は、「価値」そのものではない。ただ、価値と交換することができるもの、価値を一時的に置き換えて、保留できるもの、なのである。社会が、それを約束している。何故なら、価値を貯めたり、タイミングを合わせたり、あるいは別の価値に乗り換えたりする自由度を確保するためである。

もし、お金がなければ、他者との価値の交換が難しくなり、個人の自由の範囲は著しく狭まってしまうだろう。ここまでは、価値との交換として、お金というものを述べてきたけれど、実は、その逆の使い道もある。それは、自分には価値のないもの、嫌なもの、避けたいものから、お金によって遠ざかることもできる、という交換だ。これも、マイナスを遠ざけるので、広い意味での「価値」といえるだろう。

嫌なこと、気が進まないものであっても、必要なこと、必要なものは、生きていくうえで非常に沢山ある。人間の社会は、自分の得意なことで金を稼ぎ、苦手なことは他者にお金を出してやってもらう、という交換ができる仕組みになっている。もし、この交換がなければ、生活を維持するために、あらゆることを自分で処理し、労力を使わなければならなくなり、結果として、多くの自由を奪われることになるだろう。この場合も、お金による交換のシステムは、個人の自由を獲得するために考案されたものだといえるのである。

自分の満足を得ることが最終目的

お金によって交換ができるものは、食べものや品物などの商品だけではない。個人の労力というエネルギィも、また、個人の限られた時間も、お金によって交換ができる。

仕事というのは、そもそも自分のエネルギィと時間を提供し、お金を得る交換である。この場合、エネルギィと時間が失われ、一日、お金という仮の数字に置き換わる。そして、次はそれを用いて、自分が欲しいものと交換をする。これにより、自分のエネルギィと時間を、欲しいものに変換することができる。

自分がやりたいことは、とにかく時間がかかる行為だという場合には、生活に必要ないろいろな雑事を他者にお願いすることになる。つまり、お金を出して、身の回りの雑事を代わりにやってもらう。そうすることで、自分が自由になる時間を買ったことになる。

また、その時間を使って、自分の得意な仕事をすることで、もっと多額のお金を得ることもできる。この場合、時間を買って、その時間でお金を生み出しているわけだから、最初のお金は、自分という生産者に投資したのと同じ意味になる。

もちろん、このようにして得た大金もまた、自分がやりたいことを実現するための資金になるのであるから、自分の満足を得ることが最終的な目的である。

損をさき、得をあとにする鉄則

いつも考えなければならないのは、最初にかけるエネルギィと時間を、最終的に得られる目的と比較することである。トータルで見なければならない、という意味だ。

個々の交換の損得ではなく、全体的な収支を評価する。ある時点での損が、将来の得になることも非常に多い。ほとんどの場合、あとから得が来る場合の方が、利が大きいといえる。逆に、最初に得をすると、あとで大きな損がある。この法則は、世の中の常識といえるものだろう。

つまり、世の中で起こっていることを、損得で見ていくと、小さな目先の得に手を出してしまう人から、少し遅れて来る大きな利を得ることが、ビジネスというものだ、ともいえる。

もちろん、価値はそれぞれ個人的なものだから、交換することで、どちらもが得をする場合もある。そうでなかったら、交換そのものが成り立たず、市場経済は崩壊するはずだ。個人によって差があり、得手不得手が異なっているからこそ、交換が成立している。

富を築く人というのは、得をできるだけあと回しにする。最初は餌を沢山撒《ま》いておき、あとで大きな獲物を釣るのである。逆に見れば、すぐに手に入る価値に飛びついてしまう人は、いつまでも貧乏のままだ。

基準は自分。人と比較しない

しかしながら、金持ちになろうが、貧乏だろうが、それは単なるスタイルの違いであって、どちらが偉いということは全然ない。人間は皆平等である。それが現代社会の基本的な精神だ。平等を謳《うた》いながら、あまりにも格差が大きすぎるのではないか、と訝《いぶか》しむ人も多いと思うけれど、いくら格差があっても、個人の自由は保障されているし、人権も尊重されている。機会は誰にも平等に訪れる。そこは法律で厳しく規制されている。

僕が言いたいのは、各自が自分の好きなように生きられる、という意味である。お金を使わないと好きなことができない人は、一所懸命働いて、お金を稼ぐしかない。また、お金などいらない、質素な生活でも自分は楽しめるという人は、のんびり気ままに生きれば良いだろう。どちらも、自分の思いどおりに自由に生きていることでは、同じ価値だ。

ただ、人はつい他者と自分を比較してしまう。自分はこんなに我慢をしているのに、あいつはどうして好き勝手なことができるのか、というやっかみを持つことが多い。これは結果のほんの一部だけを見て、不平等だと感じているわけだが、そういった結果が現れるのには、苦労や時間がかかっている点を見逃している。わざと見ないようにしている、といっても良い。

畑は土を作るところから始め、何年もかけて整備しなければならない。そういった努力や準備をしていたから、種を蒔《ま》いただけで、多くの作物が得られる。自分の畑では上手くいかない、不公平だ、と怒ってもしかたがない。世の中には運、不運はあるけれど、これは偶然のばらつきであり、おしなべて見れば大差はない。それよりも、個人の工夫や努力が結果に大きく結びついている方がはるかに多いのである。

また、たとえば、楽しく仕事がしたい、といった欲求を持っている人が多いようだが、多くの場合、楽しい分、仕事の効率は下がる。楽しいという欲求を満たす分だけ、稼ぎが少なくなるのが理屈だからだ。楽しそうなものは、大勢がやりたがる。大勢がやっていては、競争になり、効率が悪い。仕事にならない。面倒なもの、人がやりたがらないもの、格好の悪いもの、嫌な思いをしなければならないもの、そういうものだからこそ、対価として利益が出る。この仕事の大原則といえる交換を忘れてはいけない。これも、目先の交換で小さな得をしたくなって手を出すと、のちのち大きな損をするパターンといえる。

自分の自由を防衛する費用

さて、若くして結婚をした僕は、まえがきに書いたとおり、奥様になった人と、数々の約束をした。まず、僕が稼いだ給料は二人のものであり、それぞれが一割を遊びに使う。残りの八割を共通費として家庭を維持していこう、というものだった。

僕は、家計簿をパソコンでつけることにして、奥様から要求があれば、そのつど生活費などを渡すことにした。常に、先月や、昨年の同じ時期と比較をして、無駄な支出がないかをチェックしていた。安月給だったから、こういった管理をしないと、たちまち赤字を出してしまう恐れがあったからだ。

かなり貧乏だったのだけれど、お金が不足した場合には、食費を削れば良いし、着るものも買わず、ずっと同じ服装で良い、くらいには考えていた。そういうものを「必要だから」と買うことには、もともと反対だった。

遊びに使うもの、自分が欲しいものは、全体の一割の金額をやりくりして、それぞれが自分の好き勝手に使えば良い。もしその額を超える大きな買いものがしたかったら、そこから貯金をすれば良い。どんなものを買おうが、けっして口出しはしない。

僕たちは、これを「防衛費」と呼んでいた。当時、日本政府は、ずっと防衛費一パーセント枠を維持しているようだったので、自分の家庭でも、防衛費十パーセントを厳守することにしたのだ。これには、自分の趣味を守る、自分の嗜好《しこう》の権利を守る、というような意味合いがあったと思う。すなわち、好きなものにお金を使うことは、攻撃するのではなく、自分を防衛する行為だという認識である。

必要なものには、お金を出し渋った

残りの八割の共通費は、生活に必要なものに使うわけだが、これらの使い道は二人の協議となる。僕は、できるかぎり出し渋った。将来のために貯金をした方が良いと考えていたからだ。

贅沢はいけない。最低限のもので良い、といつも言っていたように思う。そういう慎ましい生活に、僕はまったく抵抗がなかった。惨めだとか、我慢をしている、という感覚さえなかった。毎日、おにぎりだけでも良い。そもそも、僕は朝と昼は食事を抜いてもかまわない人間だ。一日に一食で充分。酒も飲まない。ギャンブルもしない。外食なんて一切しないしたいとも思わなかった。ただ、これにつき合わされた奥様は、あまりにも惨めだ、と思われたかもしれない。当時の僕は、思想を正しく持てば、感情は抑制できると信じていて、とにかく、彼女を諭《さと》すことしかしなかった。今となっては、これを反省している。若かったのである。

仕事は、大学に出かけていき、研究室で一人黙々と研究を進める、というだけだった。上司の先生とは顔を合わせることがあるものの、ほかにはほとんど他者とは関わらないから、なにを着ていても良い。床屋へも行かなかった（髪は、奥様に二カ月に一度くらい適当に切ってもらっていた）。

仕事場には同僚という人たちはいない。仲間で食事にいったり、飲みにいったりすることもない。講座の学生たちとコンパをするくらいだが、二カ月か三カ月に一度くらいしかないし、その大半はビールをスーパで買ってきて、お菓子を食べながら、実験室で飲む程度ものだった。なにしろ、学生もみんな貧乏だったのだ。

旅行もいかないし、いわゆる贅沢品を買うようなこともない。この当時、僕は、少しずつだが貯金をしていて、毎月決まった金額を積み立てていた。将来困ったときのためである。奥様にしてみれば、こんなにお金に困っているのに、その貯金をどうして使えないのか、と思ったはずである。

困った夫と苦労をした妻の物語

結婚して二年めと三年めに子供が生まれた。子育てのために、少し広いマンションに引っ越すことになって、一気に家賃が倍になった。子供を育てるためにもお金がかかるから、この時期が一番家計が苦しかったと思う。子供に着せる服も買えないから、奥様は、ミシンですべてを自作していた。そのミシンは、結婚したときに彼女が嫁入り道具で持ってきたものだった。そのミシンがあるとき故障して、僕が分解して直そうとしたのだが、逆にもっと酷い状態になってしまった。このとき、奥様が大泣きしたのを覚えている。ミシンは、もちろん修理屋に出して、お金をかけて直してもらった。

また、電子レンジが欲しかったので、奥様は、どこかのプレゼント企画にハガキで応募をしていたようだ。これはいっこうに当たることはなく、結局、ボーナスが出たときに電子レンジを買うことになった。

引っ越した先のこのマンションには、大学病院の医師が沢山住んでいて、ちょうど小さい子供がいる家庭ばかりだったから、すぐに近所の奥様たちと、僕の奥様も友達になった。しかし、どこもお金持ちである。子供を連れて一緒に喫茶店へ行くことが多かったらしい。そんなときに、僕の奥様だけは遠慮しなければならなかった。数百円のお金がなかったからだ。

こういった苦労談を、だいぶあとになってから、僕は聞いた。当時の彼女は、そんな話はまったくしなかった。僕は一日十六時間は大学に勤務していたから、家には寝るためだけに帰っていた。子供の面倒もまったく見なかったし、幼稚園へ行くようになっても、父母参観などに行ったことはない。これは小学校に上がっても同様で、僕は自分の子供の学校へ一度も行ったことがないのだ。運動会も参観日も、である。まったくの放任主義というか、すべて奥様に任せきりだった。今なら、周囲から散々言われることになったはずだ。

おそらく、僕の奥様は、自分のための一割の予算をすべて育児に使っていただろう。今になって、そうだろうなと想像している。彼女は、絵を描くことが趣味だが、当時は子供の服ばかり作っていた。切実な問題だったにちがいない。

打開策として打った起死回生の一発

僕が小説を書き始めたときも、また新しい趣味を始めた、と思ったようだ。なにしろ、小説を書くまえに、僕はまず六万円の椅子を買ったからだ。これには、さすがの彼女も大反対した。そこで、僕は自分の小遣いから支出して椅子を買った。小説を書くなら、お尻が痛くならない椅子が必要だ、と考えたからである。

その数カ月後に、僕の書いた本は書店に並ぶことになり、最初の印税で百数十万円が振り込まれた。僕も驚いたけれど、奥様もびっくりしたはずである。まさか、趣味が金になるとは思ってもいなかっただろうし、椅子への投資が大きく返ってくるなんて、想像もしていなかったにちがいないからだ。

だが、僕にとって、小説は趣味ではなかった。そんな趣味はもともとない。楽しみで書いたわけではなく、バイトをしようと考えて、実行したことだった。もちろん、こんなに上手くことが運ぶとは予想もしていなかった。最初の作品は、実は本命ではなく、出版社と交渉するうちに、どんどん面白いものを書く予定で、そういう戦略を練っていたのだ。それが、最初の投稿作品で「本にします」と言われてしまい、肩透かしを食ったような感じになってしまった。

初めから十作のシリーズを書くつもりだったので、その後は、つぎつぎに作品を発表した。僕は有名人になりたかったわけでもないし、ファンレターをもらっても特に感慨もなかった。そういうことのために書いたのではないからだ。

ただし、読者がどんなものを望んでいるのか、という需要把握には時間を使った。当時からネットがあり、読者の声を聞くことはできたから、それに応じて、このビジネスをどのような方向へ展開していくのが良いか考えた。そして、その考えたとおりに、その後も実行している。

作家になったあとも生活は変わらない

作家になっても、十年間は大学に勤めていて、それまでどおり、まったく休みなく働いた。夜の十時頃に帰宅し、そこで夕飯を食べ、風呂に入り、すぐに寝る。二時間寝たら起きて、三時間くらい作家の仕事をした。そのあと、出勤までまた一時間半くらい寝ることができた。そういう生活をしていたのだ。

それができる年齢だった、ともいえる。今苦労をしておけば、あとで楽になるだろう、という計画だった。そして、そのときが十年ほどして訪れる。大学には、辞めることを数年まえから相談し、跡を濁《にご》さないように退職した。同時に、作家の仕事も縮小し、一日に一時間だけ仕事をすることに決めたのである。

森博嗣は引退した、という噂が立ったが、もちろん、それに近いことを僕が発表したからである。それくらいのことにしないと、沢山の出版社からつぎつぎと舞い込む執筆依頼を断ることが難しかったからである。この「引退」後は、インタビューや取材に応じず、講演もしないし、読者の前に出ていくような仕事も一切お断りしている。もちろん、TVもラジオも雑誌も新聞も顔を出さないことに決めた。

そういう状態になって既に十年以上になる。

自分が買ったものは売らない

幸い、運良く大金を得て、僕たちは以前よりは多少自由に暮らせるようになった。僕も奥様も、親しい友達はいないし、親戚づき合いもない。お金に不自由することはなくなったので、欲しいものはすぐになんでも買える。でも、特に高いものを欲しいとは思わない。それは、自分たちが欲しいものが、しっかりとイメージできているからだろう。

僕は相変わらず、毎日工作を楽しんでいるし、奥様は、アトリエで絵を描かれている。ただ、とても広い土地に引っ越したから、同じ場所に住んでいても、滅多に出会わない。犬が数匹いて、犬の声がときどき聞こえるから、あちらにいるのだな、と方角がわかる程度である。

引退後も、一日一時間以内の範囲で、執筆は続けていて、だいたい毎月一冊は新刊が出ている。それに、これまでに出版した本が、既に三百五十冊以上あって、それらの印税が今でも振り込まれる。電子書籍が沢山売れるような時代になったから、今は絶版というものがない。欲しい人がいれば、いつまでも売れ続けるシステムなのだ。

この生活では、もちろん収入をすべて使うことは無理である。つまり、僕は自分のお金を減らすことができない状態といっても良い。作家の仕事を一切やめてしまえれば、可能かもしれないが、それだって、どうだろうか……、わからない。

稼いだ金の大部分は、税金と不動産になった。土地を買い、家を建てて引越を何度かした。今までのところ、僕は自分の持ちものを売ったことがないので、買ったものはすべて、まだ僕の所有物である。

また、僕が買い集めたり、作ったりした大量の模型も、すべて健在であるから、これらも売りに出したら、わりと良い値段になるとは思う。

売らないのは、そんなことをしたら、お金がまた増えてしまうからである。僕は、お金を減らすことしか考えない人間なのだ。でも、そのことに拘《こだわ》っているわけではない。もう老い先短いのだから、そろそろ売りに転じても良さそうな頃合いかもしれない、とは少しだけ、仄《ほの》かに感じている。

お金に困ったことは一度もない

これまでの人生、約六十年を振り返ってみて、まず思いつくこと。それは、お金に困ったことがない、という事実である。貧乏だと書いたし、奥様がそのことで苦労をされたこともあるのに、その言い草は何だ、とお叱りを受けるかもしれないけれど、実際、お金に困ったことはない、と言い切れる。人に金を貸してほしいと頼むようなこともなかったし、また、借金してまでなにかを買おうと考えたことも一度もなかった。

かといって、反対に、お金に恵まれていた人生だったな、という感慨もない。お金がいくらあるかは把握しているけれど、そんなことは、ほとんどの時間は忘れているといっても良い。なにしろ、僕のすぐ近くに現金が置いてあるわけではないし、僕の財布には、たいてい一万円程度しか入っていない。しかも、ここ数年は、財布を持ち歩くようなこともない。出かけるときは自分の車だし、どこかの店に寄って買いものをするようなこともない。もし、そういう場合には、使う分だけ財布に入れて、出かけるようにしている。もう何年も、電車にもバスにも乗らない。欲しいものはすべて、ネットで注文しているから、毎日荷物が届き、それらを受け取るために、家を空けられず、出かけられないことも多い。

お金は、とても大事なものだし、お金がないとできないことは多いけれど、僕は自分の持っているお金でできることしか考えない。これは、壁を通り抜けることはできないから、ドアから出ていくしかない、と考えることと同じだ。自分にできないことは、普通は考えないのではないか。他者がやっているから自分もやりたい、という欲求が僕にはまったくない。そもそも、他者に対して興味を持っていない。

例外は二回だけである

お金に困ったことがないと書いたが、例外が、これまでの人生で二回ある。一回めは、大学生の頃に、友達と漫画の同人誌を作ることになり、その印刷代を各自が持ち寄ることに決まった。そのとき自分の持っている小遣いでは足りなかったので、それまでに集めた漫画の本を全部売った。二万円くらいになったかと思う。もう一回は、三十七歳のときに、線路をもう少し長く敷きたいと考えて、バイトで小説を書いたときだ。これは、結果的に二十億円にもなった。

どちらも、僕は自分の個人的な欲求のために、お金を得ようとして、その目的を果たしたわけである。ただ、それだけのことだ。幸運とはいえるかもしれないが、威張れるようなことでもないし、また恥ずかしいことでもないだろう。

お金を忌み嫌う日本古来の文化

日本人は、お金の話をするのを「はしたない」ことだと敬遠する習慣がある。お金は「汚い」ものだともたびたびいわれる。貧乏というのは、清く正しい生き方だ、との教えもあったかと思う。たとえば、「金で解決した」とか、「金にものをいわせて」とか、お金を使うことを、まるで邪悪な行為のように表現するのである。お金を欲しがることを、「がつがつしている」と形容するほど、恥ずかしいことのように指摘する。少しお金を持っているだけで、影で悪口を言われたりする場合もある。多くの場合、それは僻《ひが》みだと思われるが、僻んでいる本人たちは無意識であり、自分たちは清く正しい生き方をしている、と感じているようだ。

僕は、そのような認識というか習慣が、だいぶ古い考え方のように感じる。そもそも、それくらいお金を意識しすぎているから、逆説的にそういうものを忌み嫌う文化があったのだろう。貧乏は偉いと教えた方が、支配者には都合が良かったから広まったとも想像する。戦争当時の「欲しがりません、勝つまでは」と同じ精神論である。

僕が子供の頃には、「お金持ち」は人を揶揄《やゆ》する言葉だった。悪どいことをして金を儲けた、金がすべてで人情のわからない人間だ、という観念が広く世間を支配しているようだった。誰もが、自分がどれくらい貧乏かを強調した。貧乏自慢をするくらいだったといえる。

同様のことが、学歴にもあった。自分は学がない、と自慢するように主張した。有名な大学を出ていることを隠そうとする人も多かった。「出る杭は打たれる」という諺《ことわざ》のとおりで、打たれないように注意をしなければならなかった。自慢してはいけない、とばかりに、多くの人が自虐的なことばかり競って話したりもしたのである。

これらは、お金持ちや高学歴に対するコンプレクスがあった、と分析できるだろう。本来、お金持ちでも貧乏人でも、また高学歴でも学歴がなくても、その人物が自分にとって価値がある人かどうかは、まったく別問題である。尊敬や軽蔑を決める要素でもなんでもない。

お金は可能性を考えるツール

人間に対しても、このようにラベリングが行われるのは、その精神自体が貧しいといえる。社会が豊かになり、多くの人が自由に考え、自由に行動できるような時代であれば、自然に消滅していくはずである。つまり、「価値」を各自が素直に見極めることが、そもそも自由というものだともいえる。

したがって、「お金」というものの価値も、ただ数字だけではなく、また大勢が欲しがっているとか、世の中で流行っているとか、そういった他者の評価でももちろんなく、各自が自分にとって、自分の未来において、どのように活用できるか、と考えたときに、だんだん見えてくるものなのである。

他者に対する見栄を張るくらいなら、自分に対して見栄を張れば良いではないか。同じ金額のお金を持っていても、自分が成長すれば、それだけ価値が上がるだろう。同じお金で、より広く、より高い可能性を実現できるようになるからだ。

お金というのは、自分の未来の可能性を考えるツールの一つだ、と捉えるのが、最も近いように僕は思っている。

第２章

お金を何に使うのか？

札束をオーブンで焼いた母

お金は、減らすことで、初めて価値を生み出す。持っているだけでは、なんの価値もない。いわば死んでいるのと同じである。これは、投資を促すために、しばしば語られる文句でもある。

極端な話をするなら、持っている紙幣で焚火《たきび》をすれば、お金は確実に減る。そんな馬鹿なことをする人間はいない、と思うかもしれないが、それほど馬鹿な行為だとは、僕には思えない。お金を燃やしてしまうことは、かなり貴重な体験であり、一種のアトラクションになるだろう。自分がそれをどう考えるのか、という機会を演出してくれるかもしれない。そうまでしなくても、自分で稼いだお金を捨ててしまうのは、自分にお金を出した人に失礼になるから、最初からもらわなければ良い。そうすれば、ボランティアとして社会に貢献したことに等しい。

僕の母親は、百万円の札束をオーブンレンジで燃やしたことがある。僕が子供の頃の話だ。これはニュースになった。あちらこちらにヘソクリをする人だったので、こういう失敗があったわけである。ちなみに、僕と結婚した奥様は、このニュースを知っていた。「あのニュースの人が君の母親か」と驚いた。僕は名古屋に住んでいたのだが、彼女は大阪の人だ。あのニュースはそれほど全国区だったのである。

財布の紐が緩むって、何？

とはいえ、常識的には、お金は有意義に使いたい。当たり前である。ところが、そうでもない場合があるらしい。いつもより少し安い値札が付いているだけで、つい買ってしまう、という経験はないだろうか？　それは、はたして本当に有意義だろうか。安いものを買うと得をしたみたいな錯覚を抱くことができるのだが、それを買わない場合と比べたかどうかが問題である。

新聞のチラシを見て、一円でも安ければ隣町までも出かけていって買ってくる、という話もしばしば耳にするが、それよりは、その新聞を取らない方がずっと得だ、と僕は思う。道に落ちている一円玉を拾うためには、一円以上のエネルギィが消費される、という本当か嘘かわからないような都市伝説もある。エネルギィの話をするなら、生きていること自体が消費である。

給料が出た日に、ちょっとなにか買いたくなる、という話も聞く。給料日には財布の紐《ひも》が緩む、などとTVなどでしばしば語られているけれど、現代的な財布とは思えない。紐で口が縛《しば》ってあるのか？

「なにか買いたい」症候群

冗談はさておき、この「お金があるから、なにか買いたい」症候群というのは、実際に存在するように観察される。ごく普通のことで、誰にでもある傾向だと思い込んでいる人も、大勢いらっしゃるようだ。はっきりいって、僕にはこの感覚はない。

順番が違うのである。自分には欲しいものがある。それを手に入れるためにお金が必要だ。だから、少し我慢して働き、お金を得て、あるいは貯めて、そのうえで、目的が達成される。これが正しい順番ではないだろうか。

お金があるから、なにか買いたい、というのは本末転倒の極みなのである。また、お金を使うことが、満足を得るための目的になっている点も、やや病的といえる。本来、お金を使って得たものを使うことが「消費」であり、使うために買うのが道理なのだ。お金を使って交換する行為自体に満足してしまうのは、交換行為が目的になっている。それで満足ができるなら、そのうち、銀行からお金を下ろすだけで満足できるようになってしまうかもしれない。

お金が商品に形を変えたことが嬉しい、とは思えない。お金の方が可能性が高い。使い道が無限にあって、ポテンシャルが高い。商品は、限定された目的にしか使えない。しかも、まだ使っていない。買っただけである。人によっては、買っただけで満足してしまい、家に帰っても袋や箱から出さない、という重症の人もいると聞く。

おそらく、お店で「買う」という行為、店員とのやりとりに、価値がある、という感覚なのだろう。この一瞬の人間関係で満足が得られる。お金を出して、ものを買うときに、ちょっとした優越感を抱くことができる。自分は金を出す側、つまりお金持ちになった気分が味わえる、そんな幻想、あるいは倒錯なのだろう。

ブランドものを売る店が、費用を惜しまずゴージャスな雰囲気を作り、そこで働く店員が、まるで王様に仕《つか》える下部《しもべ》のように振る舞うのは、「買う」という行為自体を商品として取り扱っているからにちがいない。いわゆる、「買わせるムード」を演出しているのだ。

「一点豪華主義」の心理

このほかにも、「一点豪華主義」なるものがあるようだ。ほかのものをすべて我慢し、倹約した結果、ある一点だけにお金を集中的につぎ込む、という意味らしい。実際にそういうことをしている人を見たことがないので、なんともいえないが、これはたぶん、趣味で高い買いものをしたときに、「これ以外では倹約している」という言い訳をした結果だろう。このあたりも、「贅沢は悪」という戦前からの亡霊のような観念が残っていることが原因だと考えざるをえない。

そうはいっても、すべて個人の勝手である。自分が好きなものにお金をつぎ込めば良い。自分の欲求に素直であれば、大変けっこうなことである。生活費と趣味の出費も、どんな比率で使おうと犯罪ではない。他者に迷惑がかからなければ、文句を言われる筋合いでもない。ただ、家族という共同体においては、収入は働いた個人のものではないから、そこは協議が必要だろう。そんなことは、ごく当たり前の話である。

「自分で作ったから」という言い訳

公園などでたまに見かけるミニSLなるものをご存知だろうか。本物そっくりに作られた模型だが、実際に大勢の人を乗せた列車を引いて走ることができる。石炭を焚いて蒸気の力で走っているものだ。だいたいの場合、高齢の男性が運転していて、その機関車を作った本人であることが多い。

このミニＳＬは、完成したものを購入しようと思うと数百万円もする。少し大きいものだと、一千万円近くする。だから、一般的に見ても贅沢な趣味といえる。こんな趣味を楽しみたいな、と思う人が、最初に気になって質問したいのは「いくらくらいかかるのですか？」であろう。たいてい、マスコミなどが取材にきた場合にも、必ずこれをきかれる。

多くの場合、「そんなにかかりませんよ。全部自分で作ったんですから。材料費は、そうですね、二十万円か三十万円くらいかな」などと答えるのだ。

これは、謙遜というよりは、どちらかというと、言い訳だろう。たしかに材料費はそのとおりかもしれない。しかし、その材料を加工するための工具に、最低でも百万円程度はかける必要がある。また、なによりも、それを作り上げるには時間が必要であり、たとえ自分で作ったとしても、日当で換算すれば、相当な金額になることはまちがいない。ミニＳＬであれば、二千時間ほどは工作に必要だとされているから、時給千円とすれば、二百万円になる。専門の技術職だから、こんなに安く見積もるのは失礼に当たるだろう。キットの製品として量産されているものが数百万円で売られているのは、当然ながら、こういった経費が必要だからである。それでも、残りの組立ては各自でして下さい、というのがキットだ。もし、一両だけを誰かに依頼して完成品を作ってもらえば、一千万円以上になることは普通である。

沢山作られたものは安くなる

自分で作っても、人に作ってもらっても、できたものの価値は同じであるけれど、工作の過程を楽しむことができ、技術が身について満足が得られる、という部分に本来の価値がある。そういった楽しい時間のために、自分のお金を使っている、ということである。

さらにいえば、その模型機関車を誰が設計したのか、という部分を忘れてはいけない。模型でも、このクラスになれば、設計図がなければ作れない。自分で設計したとしたら、工作するよりも時間がかかるだろう。毎日考え、毎日図面を描いても数年はかかる。その図面をどこかから入手するには、またそれなりのお金がかかる。ただし、図面代というのはせいぜい十万円くらいである。これは、図面がコピィできて、大勢でシェアしているからだ。

このように、製品の価値というのは、製品が大量に作られることによって下がってくる。これが、たとえば、ペンチやスプーンのような一般的な道具だったら、それを使う消費者にとっては価値は変わらない。機能を果たせばそれで充分だからだ。

しかし、洋服になると、少し違ってくるだろう。みんなと同じものは、なんとなく嫌だな、と感じる心理が大勢に働く。少しでも人と違ったものが欲しい、と考える人が多いらしい（僕は思わないけれど）。

自分にとっての価値であっても、周囲の他者、しかも自分から遠く離れた、ほとんど無関係な人の持ちものからも影響を受ける、ということになる。

欲しがる人が多いものは高くなる

僕は、ここまで書いてきたように、他人の動向などを気にしない人間だ。つまり、他者が同じものを持っていようと、自分の持ちものの価値が変わるとは感じない。自分が感じる評価が絶対である。

それでも、たとえば、沢山売れている自動車には、今ひとつ魅力を感じない。自分が乗る自動車は、できれば人気がないものの方が好ましい、と考える。それを購入の基準にすることはまずないけれど、少しは影響を受けているかもしれない。

また、僕はネットオークションを、もう十五年くらい楽しんでいて、これまでにトータルで一億円くらい買っているのだが、その主な対象は、個人が作ったもの、あるいは、個人が作ろうとして挫折したもの（これを仕掛け品という）である。また、得体の知れないガラクタ（これをジャンク品という）ばかりだ。

僕は、「製品」というものに魅力を感じない。製品とは、すなわち同じものが沢山ある品物である。僕が楽しんでいる模型のジャンルは、製品といってもせいぜい十個、多くても百個くらいしか生産されないものが多いのだが、それでも製品というだけで、僕にとっての魅力は半減する。

よく、絶版になったものなどが「プレミア価格」になっている、という話を聞くけれど、僕には信じられないことだ。製品であれば、発売当時の値段よりも高く買うなんてことは、僕には（よほどの理由がないかぎり）ありえない。それは、その品物の価値が上がっているのではなく、単に欲しい人間が多いから、取合いになっているのに過ぎない。そんな不毛な取合いに僕は関わりたくない、というふうに考える。

売ることを前提としてものは買わない

一方で、機能しなかったり、壊れていたり、作りかけだったりしても、誰かが作った世界に一つだけのものには、大いに魅力を感じる。それを手に入れ、自分で修理をしたり、作者の遺志（売り出されたのは、作者が亡くなっている可能性が高い）を僕が継いだりして、その人が何をしようとしていたかを想像することが楽しい。その楽しさに価値を見出しているのである。

世界中のネットオークションを、毎日一時間くらいは観察している。出回っている出展品は、ほとんどが「製品」である。こういった市場で、ものを売る人たちは、開封されていないこと、綺麗な箱に入っていることが、プラスの価値だと評価する傾向にあるようだ。

僕は、自分が買った模型は、すぐに箱から出して、箱は捨ててしまう。僕が欲しいのは中身であり、箱に入ったままでは眺めることもできない。所有するだけで、価値があるとは、僕は考えない。また、いずれそれを売ろうという考えも、全然湧かない。

あとで売ろうと考える人は、綺麗に保存して、より高い値がつくように工夫をするらしい。これは、一時的に所有することに価値を見出し、またのちに売れることの価値を評価していることになる。ものによっては、買ったときよりも高い値がつくものがあるだろう。最近であれば、少し古いブリキのおもちゃなどが、高い値で取り引きされるブームがあった。僕もブリキのおもちゃは大好きなので、ときどきオークションで買うことはある。これは、子供の頃に見て、欲しかったものであり、そのノスタルジィを感じるからだ。しかし、入手したものは、箱をすぐに捨ててしまい、中身で遊ぶし、飾っておく。埃《ほこり》をかぶっても、お構いなしである。また売ろうという考えは微塵《みじん》もないからだ。

自分が買ったものは自分で消費する

もう少しだけ、僕なりの理屈を述べよう。

そもそも、その品物に価値を見出したから、自分のお金と交換することを決意し、購入するのである。そうではなく、また将来売れるだろう、値が上がるだろう、と見込んで買う、というのは、「自分にとっての価値」とは違うものに、判断が囚われている結果といえないだろうか。

買って自分の持ちものにする価値とは、それに触れること、それをいじること、それで遊ぶこと、あるいは、壊したり改造したり、違うものに加工すること、新たなものを作り出すことである。それは、自分の所有物にしなければできない行為だ。そのために買うのである。

眺めるだけという品物もあるかもしれないが、純粋に見た目だけに価値があるのならば、写真を撮れば、その見た目が自分のものになる。わざわざ物体を所有しなくても良いのでは？（とはいえ、僕も絵画を買ったことがある。これは、自分の家の目立つ場所に飾ってお

き、毎日眺めるという消費に価値があると考えている）
また、ある人は、汚れるのが嫌だから、箱に仕舞っておく、と話していたが、汚れても、その品物の本質に変化はない、と僕は考えているから、飾っておき、埃を被っても気にならないし、使って傷がつき、油にまみれても、べつになんとも感じない。それは、そのものの価値を消費していることと同義である。消費しなければ、価値は感じられないのである。所有するというのは、そこまで含めた行為ではないだろうか。

自分でものを作ることで価値が増す

人に売ることを想定し、値上がりしそうなものを購入する、というお金の減らし方は、どうもちぐはぐに感じられる。

最初から買わなければ良い、という判断がまずある。また、もしも価値が増えることを考えるのなら、さきほどのミニSLのように、材料を購入して、そこから自分で作るという楽しみ方をすれば、買ったものの価値を何倍、何十倍にも増幅できる。これは、完成したものを売れば、もちろん非常に高く売れるけれど、その意味ではなく、自分が作っている時間を楽しめたという価値が、そもそも最初に交換した金額の何倍、何十倍にもなっている、という意味だ。そこに本質がある。

ものを作らない人には、これが理解できないだろう。しかし、プラモデルであるとか、ちょっとしたキットを組んでみると、そういった感覚が少しわかるはずである。作る過程が面白い。完成したものを買って飾っておく行為の何倍もの満足が得られるだろう。

絵を描くことでも、同じである。好きな絵を飾っておくことも良いけれど、自分で絵を描くと、その描いている時間そのものが、実に楽しい。自分の思うとおりに描けなくても、けっして損をしたとは感じないはずである。

絵を描くために必要なもの、買わなくてはいけないものは、絵の具やキャンバスといった材料である。得られる価値に比べれば、実に僅かな出費でしかない。

お金に困る原因は十年まえにある

さて、ここまでに書いてきたことは、自分が欲しいもの、自分がしたいこと、つまり自分にとって価値のあるものを得るために、お金を減らす、という行為についてである。これが、お金の減らし方の本道というか、王道といっても良い。

しかし、世の中には、そのようなお金の使い方ができること自体が贅沢だ、と受け取る価値観もきっとあるだろう。

楽しいことに、お金などかけていられない、生きることで精一杯だ、とおっしゃる方もきっといるはず。たとえば、衣食住というのは、生きるために不可欠な条件である。そういった最低限のものを確保したうえでなければ、楽しみに出費などできない。そんな余裕はない、働くことで疲れ果て、食べて寝るだけの生活である、という人もいる（そういう人が本を読むかどうかは、わからないが）。

経済的に困窮している人の悩みというのは、どこにでも事例がある。たとえば、ローンの支払いが苦しい、という話を聞く。それは、最初に得を取ってしまい、そのツケを自分で支払っている状況である。そうなるまえに、なんとかするべきだった。まず、それを反省しよう。収入に見合わない買いものをしてしまうと、未来の自分を苦しめることになる。どうしたら良いだろうか。それはなんともならない。しかし、今から努力を重ねれば、十年後にようやく生活が改善するだろう。そういう道理になる。

この借金地獄に陥《おちい》っている、という貧困の事例が非常に多いように感じる。何にそんなにお金がいるのか、というと、借金の返済、つまり利子を支払っている。これに対しては、僕は助言ができない。借金をするな、という以外に、解決する方法がない。さきに小さな得を取るな、ということである。

必要だからしかたがない、という罠

その次に散見される勘違いは、「必要なものだから」という消費で、お金を使い切ってしまう例である。

たとえば、住んでいる場所の家賃がそもそも高い、子供の教育費だから、友人とのつき合いでしかたがないから、と無理をして支出してしまう。「惨めな思いはしたくない」という理由でお金を減らしてしまう。その状況自体の方が、惨めではないだろうか。ほとんどの場合、使っている本人は、「これはしかたがない出費だ」と認識しているのだが、僕から見れば、それはまちがいなく「贅沢」である。あるいは、「必要」を誤認している結果である。

順番が逆なのだ。お金を稼ぐのは、自分がやりたいことをするためである。自分の欲求を満たすために、少し我慢をして、お金を得る。自分のエネルギィと時間を差し出して、賃金を得る、それが仕事である。だから、まずは、自分のしたいことに金を使うのが道理だろう。僕と奥様の最初の約束でも、収入の一割（合計二割）を使おう、と決めた。残りの八割で生活していく、と決めた。そういったデザインをする必要が、まずあるだろう。

最初に、収入に応じた生活のデザインをする。場合によっては、背伸びをしてしまい、借金をしてしまうことがあるかもしれない。そうなると、当然、自分の楽しみを実現するための資金が残らない。それどころか、借金の利子が将来にわたって禍根《かこん》となるだろう。大損というか、台無しなのだ。

どれくらい欲しいか、が基本

また、これは必要なものだ、という言い訳を自分にして、無駄な出費をしてしまうことに、多くの人が気づいていない。

たしかに、これは非常に難しい判断かもしれない。子供のための支出になると、無意識に贅沢したりするのも、よく見られる傾向である。必要だから、必要だから、とつい考えてしまう。ほんの少しだけ、来月の予算も前倒しで使うしかない、という安易な選択をしてしまう。こういった間違った判断を、けっこう普通にしてしまいがちである。

本当に必要なのか、とよく考えてみよう。

おそらく多くのものは、他者に対する見栄であったり、自分が惨めだと思いたくなかったり、そんな「感情」に根ざした支出だと思われる。お金がないのだから、惨めなのは当たり前だ、と開き直った方がまだ健全である。そもそも、惨めだと感じるのは、単なる主観でしかない。自分の感情がコントロールしきれていないだけ、ともいえるのではないだろうか。

僕と奥様の間でも、ときどき家庭共通のものを購入するときに議論になる。たとえば、料理器具であるとか、冷暖房に関するものであるとか、あるいは子供たちに関するものであるとか、八割の共通費から支出するものは、二人で話し合うことになる。

そんなときに、僕が大前提としたのは、やはり、「どれくらい必要か」は問題ではなく、大事なことは「どれくらい欲しいか」なのだ、という理屈である。

必要なものの多くは、実は絶対に必要というわけではない。なにしろ、それを買う今現在、それがなくても過ごせているからだ。一方、欲しいものは、それ自体でかなり説得力を持つ。どれくらい欲しいかが説明できれば、相手を説き伏せることができるだろう。

本人がしたいかどうかで判断

どれくらい欲しいか、ということを説明するためには、代わりに、これをやめても良い、これを我慢しても良い、ということを示す方法もある。

たとえば、僕の子供たちは、自分から塾に行かせてほしいと懇願したが、ゲームを買うよりも、塾へ行きたい、と言ったので、では許可しよう、と僕は応えた。塾へ行く必要性というのは、実際問題、よくわからない。どれほど効果があるか不明だ。塾へ行かなくても、勉強をすれば成績は維持できるはずだ、と考える方が理屈として正しいように思える。しかし、塾へ行きたいという気持ちは、子供たちの願望であり、もしそれが実現したときには、必要だから行く、という場合に比べて、本人たちが熱心になれるはずである。

必要だから買うものよりも、欲しいから買うものの方が、自分にとって価値がある、というのが、この考え方の根底にある理屈である。必要という条件は、多くの場合、他者の要請であったり、社会の常識や習慣であったりするが、事実上、本当に自分の生活に必要かどうかは疑問である。その交換で何が得られるのか、と考えたとき、実質的な効果、つまり価値が見出せないこともある。自分のお金をつぎ込むのならば、確実に価値のあるものと交換すべきだろう。

それは本当に必要なものなのか？

もう少し説明するならば、ほとんどの人たちが、それが必要かどうかを考えていないことを、まず指摘したい。例は悪いかもしれないが、子供が小学校に入学したときに、誰もがランドセルを購入するだろう。あれは、どうしてなのか？　ランドセルでなければいけないという校則があるのだろうか？　もしも、そういう決まりがあるなら、その理由は何か？　それくらいの疑問は持っても良さそうなものなのに、まったく、なにも疑問を持たずに、非常に高価なものを購入しているのは、どうしてなのか？

自分の子供だけがランドセルでなかったら、仲間外れになる、と考えるとしたら、その考え方が、そもそも間違っていないか？　仲間外れにならないために、それだけのお金を使うのは、正しいだろうか？

もちろん、ランドセルのことをとやかくいいたいのではない。これはわかりやすい例として挙げただけである。しかし、そういった常識のようなものを、多くの人が鵜呑《うの》みにしているのだ。それは常識だからしなければならない、常識だから必要だ、と無条件に考えてしまう。否、実際には、考えているのではなく、考えてもいない。ただ反応しているだけなのだ。

最近であれば、スマホがこれに当たる。お金がなくて困っている、と言いながら、スマホでゲームをしている人ばかりである。それが、彼らがやりたいことなのだろう、と観察できる。お金に困っているなら、スマホをやめたらどうなのか？　おそらく、そんなことは無理だ、と反論される。スマホは生活に「必要だ」という主張だ。そうだろうか、僕はスマホを持っているけれど、全然必要だとは感じていない。

誰もいない環境を想像してみよう

もう一度繰り返そう。お金はあなたの可能性のために使う、そのために、あなたが稼いだものだ。何を買おうが、もちろんあなたの自由である。しかし、その自由を、本当に実現しているだろうか、と自問していただきたい。今書いているのは、そういうことなのだ。

また、自分が欲しいものを買う場合にも、今一度注意をしてもらいたい。それを買った目的が、誰かに見せるため、誰かに自慢するため、人に見せて良い気分を味わいたいため、といった他者の目を想定したものになっていないだろうか？

こんな想像をしてみてはいかがだろう。

あなたは、急にどこか山の奥へ引っ越して、誰にも会わない生活をすることになった。五年くらい、誰にも会えない、話もできないし、写真を見せ合うこともできない。どこか知らない国へ一人で行かなければならなくなった。家族は一緒でも良い。しかし、人とのつき合いはない。

そんな境遇を想像してみよう。そうなったときに、あなたが今買う気になっている欲しいものを、どうするか、と考えてもらいたい。それを買っても、誰も見てくれない、自慢もできない、どんな反応もない。それでも、それが欲しいだろうか？

想像するだけだから、無料である。この想像は、きっと価値がある。自分の嗜好や、自分の判断を思い出すことができるだろう。

他者に認められたい症候群

僕は、いつも自分が欲しいものを買っている。それらは、誰にも見せるつもりのないものである。家族にだって見せない。僕が楽しむために買っている。僕は一人で楽しむ。本当の楽しさは、一人だけの方がずっと大きい。純粋な楽しさだからだ。誰かに見せたいという気持ちも、ときどきは生じるけれど、実際に見せるとなると、どうしても、欲しいという気持ちが、歪《ゆが》んだものになりがちである。

ものを作ることが楽しいし、その一つ一つの作業が面白い。自分で考え、自分で試し、上手くいったときには、自分が褒めてくれる。

人に褒めてもらうよりも、自分で自分を褒めること、褒めてもらうことは、はるかに嬉しい。なにしろ、自分は、自分の本当の気持ちがわかるし、本当の苦労もわかっている。誤解というものがない。素直だし、ストレートなのだ。

逆に、どうして人に褒められたい、人に認められたいと考えるのだろう、と不思議になるほどである。

他者に認められたい、という承認要求が、このネット社会ではやや過熱しているように観察される。現代の子供たちは、相対的に大勢の大人に保護されている。しかも、褒めて育てる教育法が主流となっているから、幼い頃から、とにかく褒められるだろう。なにをしても、周囲の大人が即座に反応してくれる。オーバに手を叩いてくれるし、可愛いね、上手だね、凄《すご》いねとべた褒めされる。結果的に、そんな好意的な反応をもらえるものが「社会」だ、と思い込む人間を育てているのである。

大人になって一人暮らしを始めると、これが一転することになる。仕事場では、誰も褒めてくれない。多くの仕事は、相手を褒める側に立つものである。頭を下げ、相手の機嫌を取らなければならない。子供の頃とのギャップが甚《はなは》だしい。

ストレスを解消するためにお金を使う？

社会に出るとストレスを抱えることになるが、仕事で得たお金を使うときには、店員が褒めてくれるだろう。おだてられて、つい高いものを買うことになりがちである。そういうものが、ストレス解消になっているのだ。

ネットでは、持ちものや食べもの、そして訪れた場所を自慢するために、大勢が自分のお金を使っている。みんなから、「いいね」を買っているようなものである。これも、ストレス解消といえば、そうかもしれない。

ストレス解消にお金を使って何が悪いのか、とおっしゃるかもしれない。悪いとは言っていない。ストレスを解消することが、あなたがしたかったことですか？

本当に、それが欲しかったのですか？

そうきいているだけである。

自分の欲しいものがわからない人たち

それ以前に、自分が欲しいものが何かが、わからない人がいるかもしれない。

欲しいもの、やりたいことがない、という人もいるようだ。

そのままでは、何のために働かなければならないのか、と憂鬱《ゆううつ》になる。

そういった悩みを抱えた若者から、しばしば相談を受けるのだが、さて、僕にも、どうしたら良いのかはわからない。多くの場合、悩みの原因は、その本人にもわからないからだ。

体調を崩して、仕事を辞めてしまう人も大勢いる。辛《つら》い過酷な条件が、直接の原因であるなら、ひとまず休むことは、解決策の一つにはなるだろう。考える時間を持つことは、どんな場合でも有意義だと思う。そう、考える以外にない。

考えすぎて、もっと憂鬱になりはしないか、と心配する人もいるが、一度は考えた方が良い。ただ、仕事のことは考えない方が良い。

考えるべきことは、自分は何をしたいのか、である。

結局は、お金の減らし方が、人生における考えどころとなるだろう。

何にお金を使うのか？　何を買うのか？　その買ったものを、どう使うのか？　そこから何が生まれるのか？　自分は、そのことでどのように変化するのか？　それを考えることが、当面の課題、お金の使い道である。

目先の楽しさを求めると虚しくなる

間違えないでもらいたいのは、「無駄遣いをするな」という意味ではない、ということ。むしろ、その逆かもしれないのだ。つまり、「無駄遣いをしてみよう」という解決策だってありえる。無駄遣いをすることで、楽しさを思い出し、自分を取り戻すことだってあるからだ。

できるかぎり、一時的な価値ではなく、将来につながる価値を求めることが大事だと思う。お金を使ったときに、瞬間的に終わるような楽しみではなく、長く楽しみが続き、発展的なリンクが将来に期待できるものが、生きるためのコンディションを整える観点から効果的だといえる。

つい、目先の楽しさを求めてしまいがちだが、それではむしろ逆効果になることが多い。たとえば、仲間を誘って楽しい宴《うたげ》を催すことなどが好例で、その場は盛り上がっても、たちまち冷めて、以前よりも孤独感を味わう結果となりやすい。

そもそも、楽しみというものが生きる価値であり、それは、一時的な幻想ではなく、段階的に構築される構造を持っている。真面目に取り組み、少しずつ発展させていくものなのだ。

そういった楽しみがないと、つい人は刹那《せつな》的なものに縋《すが》り、幻想に酔いしれたくなるものだ。おそらく、現実から逃避したい、という本能的な自己防衛だと思われる。だが、どれだけ多くの人が、この種の幻想で、多くの時間とエネルギィを失っているかを考えてもらいたい。

あなたの未来のためにお金を使う

若い人ほど、持ち時間があり、可能性を持っている。沢山あると思っているから、つい無駄遣いをしてしまう。お金は無駄遣いしても、まだ取り戻せるが、時間は取り戻せない。

悩みたくない、ぐずぐずと考えたくない、という人も多いけれど、僕は悩んだ方が絶対に良いと思っている。ぐずぐずと考えれば良いとも思う。そういう時間を持つことは、けっして無駄ではない。そのときには無駄なように思えても、のちのちいつか、それが効いてくる。

若者ほど、社会で認められたいという欲求を強く持っているが、それは生存に関わる本能的なものだ、と思う。けっして悪いことではない。しかし、スタンドプレィをしないで、地道に自分の能力を高めることに、お金も時間もエネルギィも使ってもらいたい。自分に投資することが、最も期待値が高い。自分の価値を高めることが、その後のすべての価値を増幅するからだ。

あなたのお金で買うものは、あなたの未来なのである。

母が買ってくれたニッパの話

抽象的な話で眠くなった方も多いのではないか、と想像し、この章の最後に具体的な話を幾つか書こう。僕が子供のときのこと、若かった頃のこと、また、比較的最近のこと。いずれも買いものに関する話題である。何がいいたいのか、というと、特にいいたいことはない。ただ、こういった事例から、それぞれ考えて、自分に活かせる部分があったら、利用していただきたい。自分に投影し、少し思いを巡らしてもらえれば、幸いである。

まず、小学四年生くらいのときの話。

僕の母は、おもちゃは買ってくれなかったが、工作のための道具ならば、ほぼ無条件で欲しいものを買ってくれた。また、本も自由に買えた。僕は本が大嫌いだったから読まなかったのだが、工作に関係する本は読むことができた。その種の本で、文章を読むことを覚えたといっても良い。

工作の本を読んでいると、ニッパやラジオペンチという工具がよく登場する。僕が当時工作に使っていたのは、母のミシンの引出しに入っている付属の工具だけだった。例外として、半田ごては買ってもらっていた。工作がしたくて、学校へ行くまえに一人でそれを使っていて、うっかり火傷《やけど》をしたこともある。

半田ごては、電子工作に使う。小さな部品を半田づけして、電子回路を組み立てるのだ。その作業で、どうしてもニッパが欲しくなり、近所の金物屋へ見にいった。しかし、千円近い値段で、僕の小遣いでは足りなかった。だから、母に頼んだのだ。

次の日曜日に、デパート（松坂屋）へ連れていってもらった。デパートへ行くと、僕はいつも、おもちゃ売り場へ直行し、プラモデルや鉄道模型を眺めることにしていた。買ってもらえなくても、目に焼き付けて、同じ模型を自分でいつか作ってやろう、と考えていたからだ。

ニッパをデパートで探したのだが、なかなか見つからなかった。ついに発見したのは、ドイツ製の高級品で、五千円もするものだった。僕は、近所の金物屋で買えば、五分の一の値段で買える、と母に告げたのだが、母はまったく気に留めず、この五千円のニッパを購入したのである。

その金額を出してくれるなら、さっき見た戦車のプラモデルが買えるし、あれもこれも買えるだろう、と僕は思った。だから、嬉しいというよりも、釈然としない気持ちになった。

ニッパは、コードや針金を切断するペンチである。かなり頻繁に工作に用いる工具で、いろいろなタイプがある。現在、僕はニッパを八つくらい所有している。ホームセンタで売っているものは十年くらいで刃が欠けたりして使えなくなる。だから、その八つのうちの七つは、何度も買い替えたものだ。ただ一つだけ、ずっと使っているものが、小学生のときに母に買ってもらったニッパである。

取っ手の部分のビニルはとっくに劣化しているから、テープをときどき巻き直して使っている。しかし、刃は今も健在で、切れ味は衰えない。

母の出費は、無駄遣いではなかった、ということだ。特に、息子に非常に重要なことを教えた効果が認められる。戦車のプラモデルを買ってもらっていたら、僕はそれに一生気づかなかったかもしれない。

人生でたった一度のローンの話

次は、僕が二十四歳のときの話。

その四月に僕は就職と結婚を同時にした（結婚の方が一週間ほど遅いが）。また、同時に遠くへ引っ越した。それまでは、奨学金と家庭教師のバイト料で生活していたが、給料というものを初めていただける身となった。その六月には、ボーナスが出た。十五万円くらいだったと記憶している。このボーナスは、自動車にクーラを取り付けることに使った（自動車は、学生のときにバイトをして買ったものだ）。

ローンはいけない、という内容を既に書いたが、僕は人生で一度だけ、ローンを経験している。社会人になり、給料をもらえる身となったことで、ローンに対する抵抗感が薄れたためだろう。

その八月に、僕は絵を買ったのだ。絵とは、絵画、つまり美術品である。フランスの現代画家であるカシニョールの版画だった。十五万円ほどの買いものだが、これを三年ローンで購入した。

どうしてこうなったかというと、結婚するときに、一割はそれぞれが自由に使える、という取り決めをしたので、その範囲内で購入するには、分割払いとするしかなかったのだ。

これには、奥様は良い顔をしなかった。かなり不満があったようだ。薄給だから切り詰めて生活しなければならない、と話し合った矢先のことであるから、腹が立ったのにちがいない。喧嘩とまではいかないが、少々言い合いがあったかと思う。

もちろん、このローンは最後まで無事に支払い、その絵は今も、僕の家の玄関ホールに飾られている。実は同じ絵（版画だから複数ある）が、買ってから五年ほどしてデパートで売られていて、そのときは百万円以上の値がついていた。カシニョールの人気が上がったこともあったし、景気もバブルだったからだろう。でも、値段が上がったことは、僕にとってはまったく意味がない。売るつもりで買ったわけではないからだ。でも、奥様に対する手前、少しほっとしたことを覚えている。

のちに作家になって、少し余裕ができた頃、カシニョールの絵を再度購入している。そちらの絵は、イギリスのダイアナ妃を描いたものだった。そのとき、カシニョール本人にも会い、絵の裏には、僕と奥様の名前とともにサインをしてもらった。そちらの絵も、最初の絵と並べて、今も飾られている。僕がこれまでに買った絵画は、この二枚だけである。

贅沢品も、自分で消費するためにある

実は、僕の父が絵画が趣味で、自分でも描いていたし、日本の有名画家の絵を何枚か購入していた。そのすべてを僕は相続している。それらのうち数点は、僕の寝室に飾ってある。

あまり自分の趣味ではないのだが、絵というものは仕舞っておいては価値がない。やはり、毎日見て消費するものだと考えている。僕が買った版画よりは高価なはずであるが、それらも売るつもりはない。

ローンで絵画を購入したことで、ローンが金額的にずいぶん損だという感覚は自覚できた。良い勉強になった、ということにしておこう。以後、自動車を購入するときでさえ、ローンは組まないことにしている。

ちなみに、奥様は、自分でも絵を描く人だし、絵で仕事をされていた時期もあるので、プロといえるレベルだ。その彼女が購入した絵が一枚だけある。日本の金子國義《かねこくによし》の油絵で、四百万円で購入したものだ。彼女の部屋に今も飾られている。これを彼女が買うときには、僕に相談があったが、僕はまったく口出しをしていない。「欲しいのなら買ったら」と言っただけである。その当時は、収入の一割の自由予算は、一千万円以上になっていたので、予算的にも問題はなかった。

一般から考えれば、明らかに贅沢品である。しかし、森家には、ほかには絵画はない。美術品もない（父から相続した日本刀や壺などの骨董品はあるが）。投資のために買ったわけでもなく、また、人に見せるために買ったのでもない。結婚当初に決めたルールからも逸脱していない。

ポルシェ911を買った話

次は、作家としてデビュして二年めくらいの話。

印税をいただけるようになり、大学の給料の何倍もの金額を手にした頃である。職場でも、小説を書いたことが知れわたってしまった。ただ、実際に小説を読むような人はほとんどいない。「読みましたよ」と言ってくる人は皆無で、「本を出したんだってね」と言われるだけである。

また、人によっては、「沢山印税が入るんでしょう？　もう給料よりも多いんじゃないの？」などと言ってくる。もちろん、単に笑って応えただけである。給料の十倍以上もらっている、とは誰も想像もできないようだった。そんなに沢山稼ぎがあるならば、ここで忙しく働いているはずがない、と思い込んでいるためだ。そういうのが、常識的な感覚らしい。

もちろん、住んでいた場所の近所でも、誰も知らない。いつものとおり、僕は出勤しているし、生活が変わったなんてことはなかった。

そういったなかで、一つだけ例外といえるものがあった。それは、ポルシェ911である。僕は、子供の頃からポルシェ９１１が大好きで、プラモデルでも何度か作っていたし、ポルシェに関する技術的な本を、何冊も読んでいた。ただし、その実物を自分が買うことになるとは考えなかった。そういった欲求というものを、それまでまったく持たなかったといえる。

あるとき、いったい値段はいくらくらいなのだろう、と思ったので、ポルシェのショールームへ行ってみた。そこは、僕が高校生のときに前をよく通った場所で、ガラス越しにポルシェを眺めていたのだ。

結局、そこで新車を買うことにした。空冷エンジンを搭載した最後の９１１だった。自分が持っているお金で買える金額だったし、収入の一割という予算を超えない範囲だったからだ。しばらく、飛行機や機関車は我慢しなければならないけれど、その分はポルシェで遊べるだろう、と考えた。僕にしてみれば、少々大きな模型を買ったようなものだった。

自動車は、必要性より欲しいから買う

当時の僕は、ホンダのビートに乗っていた。これも、ちょっと変わった車種である。軽自動車に分類されるのだが、座席は二つしかない、いわゆるツーシータのスポーツカーであ

る。しかもオープンカーだ。これで大学に毎日出勤していた。ポルシェを買ったときにも、ビートを手放すことはしていない。とても気に入っていたからだ。家のガレージには、なんとかもう一台多く駐車することができた。

奥様は良い顔をしなかったけれど、文句は言わなかった。僕の母に、「あんなものを買って、困っています」と話したらしいが、母は、「男はそういうものですよ」と言ったらしい。これは、奥様から聞いたことだ。

とにかく、僕は非常に気に入ったし、満足できた。奥様と二人で四国までドライブに出かけたこともある。なるほど、これがポルシェかと気づかされることが多く、とても役に立った、とも思っている。値段だけの価値は充分にあったのだ。しかし、僕が買ったポルシェは、この一台だけ。もうわかったし、充分に楽しむことができたからだ。

奥様も自動車を運転する。自動車は僕との共有ではなく、彼女は彼女の車に乗っていた。ビートもポルシェも、オートマティックではないから彼女には運転ができない。そういったこともあったためか、奥様も、自分の車をグレードアップしたい、と言いだした。

そこで、買ったのがローバーのミニクーパだった。これは一九九八年だったかと思う。あの形のミニクーパとして、最後のロットで、もちろん新車だった。ポルシェよりはだいぶ安いけれど、国産の大型車よりは高かった。僕は、ポルシェの次にミニクーパが好きだったので、この買いものには大賛成だった。

奥様はこの車がとても気に入ったらしく、私学に入った娘の送り迎えもそれでしていたようだ（あとになって聞いた話である）。僕もときどき運転させてもらったし、家族で出かけるときは、この車だった。なにしろ、森家にある自動車の中で、このミニクーパが、一番沢山人が乗れるし、荷物も沢山載せられたからだ。ラジコン飛行機を飛ばしにいくような場合にも、これを借りて行くしかなかった。

ようするに、自動車というのは、僕にとっては、役に立つもの、必要なものではなく、欲しいものだったのである。実用品ではなく、趣味のものだった。家族がみんなで乗れるとか、どんな用途があるとか、そういう基準で選んでいなかった。このあたりの感覚も、きっと一般的とはいえないだろう。

しかし、これこそが、僕たちにとっては、とても大事なことなのである。必要だから買ったのではない。欲しかったから買ったのだ。

贅沢がいけないとは思えない

お金がない場合には、欲しいものは欲しくなくなるだろう。少なくとも、僕たち（僕と奥様）はそうだった。買えなければ、買うことを考えもしない。好きだけれどな、とぼんやり感じていた程度だった。プラモデルだったら買えるから、大好きなポルシェを買って作っていた。それは、プラモデルが欲しかったからだ。人は、自然にこの程度のことはわきまえているものだ。

一方、必要なものというのは、お金がなければ必要なくなるだろうか？　お金のあるなしに関係なく、必要だと感じるのではないだろうか。だからこそ、無理をして買ってしまうのである。必要なものは贅沢ではない、贅沢でなければ買っても良い、今すぐに必要なのだから借金をしても良い、というふうに考える。僕は、その考え方が間違っていると思う。

贅沢がいけないという理屈は、僕には理解ができない。贅沢かどうかを判断することさえ、ほとんど無意味だと考えている。その判断基準の大部分は「世間体」のようなものであり、自分にとっての価値ではなく、他者から見られることを前提としたものだ。そういうものに支配されているから、贅沢はしていない、だけど必要なものはしかたがないじゃないか、という理屈を無意識のうちに構築しているのだ。結果として、分不相応なものに手を出して、将来に借金を残すことになり、大損をしてしまうのである。

僕たちは、今は少しだけお金持ちになったけれど、世の中にはもっと凄いお金持ちはいくらでもいるし、僕自身、自分がお金持ちだとは認識していない。なにしろ、子供のときと同じ価値観、同じ金銭感覚で現在も生活している。全然変化がないのだ。

でも、もしかしたら、世の中のお金持ちは、みんなこんなふうなのかもしれない、と想像することもある。お金持ちが贅沢な暮らしをしていると想像しているのは、お金持ちでない人たちだけかもしれない。

たとえば、お金持ちになると、貧乏だった頃を忘れてしまう、ということもない。それをいったら、大人は子供のときのことを忘れるだろうか？　一度経験したものは忘れないし、そのときの感覚も残っているはずだ。したがって、お金がないときの気持ちというのは充分に理解ができる。逆に、貧乏から抜け出せない人は、お金持ちの気持ちがわからないだろう。経験したことがないものは、誰だってわからない。子供には、大人や老人の気持ちが理解できないのと同じである。

衣料品に欲しいものはない

僕が知っている範囲では、お金持ちの人は例外なく、お金に対して細かい。無駄遣いをしない。むしろ貧乏な人ほど、不思議なほど無駄遣いをしているように見える。たとえば、人に奢《おご》ろうとする。割り勘でいこう、とは言えないようだ。また、安いものを買うために行列に並んだり、遠くまで重いものを無理をして運んだりするけれど、それで躰《からだ》を壊し、結果的に沢山の治療費を払うはめになったりする。これなどは、最初から予想ができたことであり、一種のギャンブルみたいなものだ。ある意味で、そのチャレンジが贅沢だともいえる。

奥様が、四十万円もするコートを買ったことが一度あった。さすがに、自分一人で決めてはいけないと思ったのか、僕に電話をかけてきた。僕は、「欲しかったら、買ったら」と答えた。そのコートが、どんなものだったか、(見たのは確かだが)僕は覚えていない。ファッションにはまるで興味がないので、普段から、人が着ているものには焦点が合わないからだ(一度見た顔は覚えるが、たとえば、メガネをかけている人かどうかは記憶できない)。

その後、奥様は高い買いものはしていない様子である(僕に相談しなくなっただけかもしれないけれど)。数万円くらいのものなら、自由に買っていると思うが、僕にはその区別もつかない。そういう人間であるから、僕の服を買うとき、奥様はユニクロと決めているようである。僕は、何がユニクロなのかもわからない。ただ、毎日あるものを着るだけだ。

　僕は自分で服を買った経験がない。服屋に自分だけで入ったことが一度もない（つまり、入ろうと思わない）。サイズさえ合えば、べつにどれでも良い。ときどき、奥様と一緒に店に入り、どれにするか、と尋ねられることがあるけれど、だいたい色がオレンジ色か黄色のものを選んでいるくらいの好みしかない。

　洋服というのは、僕には必要なものであるけれど、欲しいものではない。だから、できるだけ買わない方が良い、と考えている。洗濯するルーチンを考慮し、三着くらいで回せば良い、と思う。

　特に、最近の僕は、自分の家の敷地から出ない。出るのはドライブをするときくらいで、そのときも車から降りないことがほとんどだ。模型飛行機を飛ばしにいくとか、犬を散歩に連れていくことはあるが、ほとんど人に会わないし、会っても自分が着ている服を意識するようなことはない。だから、何を着ていようが関係がない。着やすいもの、気候に合ったものであれば問題がない。

住宅は単なる道具である

洋服と同じく、住むところも、必要なものであり、欲しいものではない。僕は、建築学科を卒業したし、大学で研究をしていたときも工学部建築学科の教官だった。父の仕事も工務店であり、彼は建築の設計をしていた。だから、建築に対しては素人ではない。

それでも、建築がそれほど好きというわけではない。ここは大事なポイントかもしれない。さきほどから、必要か欲望かという二者選択を何度か提示してきたが、多くの人が、やりたいものを仕事にしている。やりたいから、その仕事に就いた、と考えているようだ。僕はそうではない。仕事は、金を稼ぐために必要だからしている。職種に対して特に希望はない。自分が持っている能力に一致するものが合理的であり、つまり、稼ぎやすいものを選ぶのが得と考えている。

これは、作家になったときも同じで、僕は小説が好きだったのではない。作家はなりたくてなったのではない。ただ、そのときの生活から、できるものを選んだ。そして、試しにやってみたら、自分に向いた仕事だな、とわかった。ただそれだけのことだったのである。

住宅は、人に見せて自慢をするために建てるのではない。客を招き入れるためのものでもない。自分で使うための場所であり、つまりは道具と同じものだ。僕の場合は、洋服と同じだといえるかもしれない。

違いは、値段である。住宅は、個人の買いものの中ではずば抜けて高い。どうしてこんなに高価なのか、不思議ではあるけれど、大量生産できないこと、つまり人件費がかかることが最大の理由だろう。今後、人間以外の労力で生産するようになれば、少なくとも自動車数台分くらいの値段にはなると思われる。

僕は、家を買ったり、建てたりした経験がある。作家になる以前に一度、自分で設計して建てた。また、作家になったあとも二回買ったし、二回建てている。そのいずれにおいても、一番重視したことは、広さである。広いほど高くなるけれど、広いほど使いやすい。僕の場合は、工作ができる環境を整えることが主目的だった。住宅は、自分の生活を楽しむための道具なのだ。

土地は住みたいところを選ぶ

また、住宅よりももっと高いのは土地である。特に、日本の土地は高い。さらにいえば、日本の都会の土地は高い。僕の場合、土地には環境と広さを求める。都会に近いことは、僕にはなんの価値もないので、幸い、高い買いものをしなくて済んでいる。

土地は、僕が遊ぶためにある。現在住んでいる土地は、二千坪以上あって、ここに線路を敷いて、毎日機関車を運転して庭を巡っている。この鉄道を建設するために土地を買ったのであり、既にその意味では消費されたと考えている。

どこに住みたいか、ということが一番大事なことであり、その土地の周囲がどんな環境で、どのような景観があるのか、またその土地から何が生まれるのか、という点が土地の価値だと考えている。自分が、その価値から恩恵を受けるような生活をすることが、そこに住む理由となる。

僕の場合、奥様が一緒に住んでくれている。彼女も今の土地が気に入っているようだ（彼女が、そこへ引っ越そうと言ったのが、そもそもの始まりである）。その意味では価値観というか、利害関係が偶然にも一致していた。もちろん、そこから何を得るのか、という意味では全然違うものになる。彼女は彼女の価値を、そこに見出しているはずだからだ。

子供たちとの関係

数年まえから、長女も同じ土地に住むようになった。彼女は東京で一人暮らしをして仕事をしていたのだが、その仕事から独立し、世界中のどこにいても、同じ仕事が続けられるような職種だったので、たまたま同居することになった。大きな理由は、犬がいたからだ。自分の犬が飼いたいという欲求があったため、ここへ来た。ただ、夜はコンピュータで仕事をしているので、僕たちとは時差がある。僕が担当している犬と、彼女が担当している犬にも、時差がある。同じ場所にいても、時間は違う、ということである。

長男は、今は東京に住んでいるようだ。彼の仕事も、世界中どこにいても可能な職種であり、こちらへ来ても良い条件ではあるけれど、一年に一度くらいしか、会いにこない。どんな仕事をしているのか、という具体的な話をしたことがないので、詳しくはわからない。

子供たちは、二人とも既に三十代で、完全に経済的に独立している。大学を卒業するまでは援助をしたけれど、以後は金を貸したこともない。これは、僕自身がそうだった。大学を卒業した時点で、親からは独立し、大学院生のときは、奨学金とバイトで生活をしていたし、実家からも出て、下宿で暮らしていた。

もちろん、自分の子供が困っていれば、親として援助をするつもりではある。だが、金銭的に独立していることは、お互いを尊重するうえでも重要なことだと思われる。大人というのは、その条件を満たしている人間のことだ。

僕の父は、僕が幼稚園の頃から、それを言っていた。成人するまでは面倒を見るが、大人になったら自分の力で生きていきなさい。何をしても良いし、どこへ行っても良い。親の面倒を見る必要はない、と。

僕は次男だが、兄が死んでいるので、事実上は長男だった。したがって、両親の老後の面倒を見ることになった。母は僕が四十七歳のとき、父は僕が五十歳のときに亡くなった。介護のようなことは、父のときに二年ほど経験しただけである。

その後、僕たちは遠くへ引越をすることになり、それまでの人生の柵《しがらみ》から抜け出すことができた。幸運だったといえる、と思っているが、これは誰かから恵まれたものではない。

第 3 章

お金を増やす方法

餌で釣られないように

書店に行けば、お金を増やす方法、と謳《うた》った本が沢山並んでいるはずだ。書籍の宣伝でも、この手のタイトルのものは非常に多い。溢《あふ》れかえっている、といっても過言ではない。これは、僕が若い頃からずっと変わらないようだ。「私はこういう方法で資産を築きました」という内容らしい。

本だけではない。ネットの記事でも、この類のものをいたるところで目にすることだろう。また、講演会や講習会などが開かれ、その道の先人というか、成功者の話を聞く機会などもあるようだ。不思議なことに、たいてい有料だったりする。そんなに稼いだ人が、どうしてそんなに細かい金を集めようとするのか、と首を傾げたくなる。

多くの場合、たしかに成功してお金を増やした経験を持っている人が、このような発信をしている。しかし、もっとよく観察すると、もう稼ぐことが難しくなってきた、あるいは引退したから、自分の方法を伝授しよう、ということらしい。つまり、現在ばりばりとお金を増やし続けている人ではない、ということだ。

それはそうだろう。お金を増やし続けることに忙しい人が、どうして他者に自分の方法を教えるだろうか（しかも有料で）。

それくらいの道理は、各自が理解してもらいたい。というよりも、その程度の基本的な理屈がわからないようでは、お金を増やすことはできないだろう。世の中にいる賢い人たちに搾取《さくしゅ》されるだけである。自分は、そういうことに自信がない、考えるのは苦手だという人は、とにかく財布をしっかりと持って（それこそ、財布の紐を固く締めて）、地道に質素に生きていくことをおすすめする。お金が増えるなんてことはありえない、と信じることである。悪いことは言わない。なにか得をするような話が舞い込んできたら、絶対に乗らないこと。それに飛びつくと、口に釣り針が引っかかり、引き上げられる身となる。

確実にお金を増やす第一の方法

情報化社会において、大勢の人たちが抱いている不安というのは、「自分が知らないことがある」「知らないことで自分は損をしている」というものである。この本を読むような人には、そんな純粋無垢《むく》な人はいらっしゃらないと想像するが、もし身近にそういう人がいたら、こっそり耳打ちして教えてあげよう。「知って得なことなんて、この世に一つもありませんよ」と。

さて、お金を増やす方法は、細かく分類すれば無数にある。しかし、大きく分ければ、だいたい次に挙げるようなものといえるだろう。

その第一の方法は、自分の時間とエネルギィを差し出して、その対価をもらう方法である。これは一般には「仕事」とか「バイト」と呼ばれている行為だ。非常にメジャな方法なので、ほとんどの人が（子供以外は）経験しているはずである。

働くことで、お金は増える。もし増えなかったら、それは違法といえる。現代社会は、労働者の賃金を保障しているし、その条件も厳しく規制されている。したがって、誰でも確実にお金を増やすことができる。ただし、仕事は自分の勝手でするわけではない。仕事をしたくても、雇ってもらえなければ働けない。また、自分にできることか、自分に適した仕事か、という問題もある。これは、働く側が条件に合うものを探さなければならない。雇い主の方からスカウトしてくる場合も稀《まれ》にあるけれど、それは余程特別な能力を見込まれた場合に限られる。

手っ取り早くお金を増やす第二の方法

お金を増やす第二の方法は、自分の持ちものを売ることだ。これは、仕事とほとんど同じで、自分のものとお金を交換する行為である。違いは、こちらが差し出すものが限定されていること。したがって、それを欲しがる人がいなければ、交換が成立しないし、その条件に応じて、交換できる値段が決まってくる。

そもそも、お店というのは、自分の持ちものを売っているわけだから、その意味でも、これは仕事と変わりはない。最近では、ネットが一般に普及したため、素人が自分の持ちものを売る機会が飛躍的に増加し、その範囲も広がった。買う人が近くにいる必要がないので、最も難しかった条件の一つが取り払われた形といえるだろう。

また、昔に比べれば、個人が所有しているものが格段に増えている。子供であっても、人に売れる価値のあるものを沢山持っている（もちろん、所有権は親にあると考えるのが常識的だが）。平和な時代が長く続き、親から子供へ所有権が移ることも、一般的になってきた。

リスクと引き換えでお金を増やす第三の方法

第三の方法は、投資である。まえの二つが、交換によってお金を得ているのに対して、この投資は、少しわかりにくいかもしれない。

まず、預金なども広義の投資だ、と僕は考えている。銀行に金を預けるだけで利子がつき、お金が増えるシステムである。預金の種類によって利子が違う。定期預金は普通預金よりも利子が高い。定期預金は、すぐに引き出せないという不自由さがあるが、逆にいえば、自由で安全なものほど利子が低い。

預金よりも利潤が多くなるものが沢山ある。自分で投資先を選ぶものと、どこかに金を預けて投資を委《ゆだ》ねるものがある。預金よりもリスクが大きくなる分、利潤が高くなる。つまり、預けた元金が保証されるような安全なものは、あまり儲からない。

最近の預金は利子が非常に低いが、これは、銀行が投資して利潤を得ることが難しい時代になっているからだ。

一般的な投資として株がある。どこかの株式会社の株主になれば、その会社が発展すれば儲かる。株が上がったところで売れば、最初に買ったときとの差額が利潤になるし、また、株主に対する配当があれば、売らなくても利子のような感じで少額がもらえる。すぐに売ることを考えていると損をする可能性が高いが、長く持っていられるくらい余裕があれば、売って儲かる可能性は高くなる。ただ、その会社が潰れてしまえば、元金も戻らない。今の世の中、けっこう会社は潰れやすいので、注意が必要だろう。

好景気の時代には、株でみんなが儲かった。株を買った人たちは、だいたい得をした。平均的に見れば、社会がそれだけ豊かになった時代だったからだ（その当時は、預金でも儲かった)。しかし、今はそれほど簡単ではない。そういう難しい時代になると、途端に「株で儲けませんか?」という勧誘が増えるのが不思議である(実は不思議ではない。もう自分たちは儲からないから、人を勧誘しているのだ)。

さらにリスクの高い第四の方法

第四の方法は、ギャンブルである。これは、投資と非常に似ている。ただ、投資が、どこかの事業が発展することを支援する仕組みになっているのに対して、ギャンブルは、大勢から集めた金を、少数に集中させるだけのシンプルな仕組みである。

投資にもギャンブル的な要素があるし、ギャンブルにも投資的な部分は見出せる。いずれも、リスクが高くなるほどリターンは増える、という点では同じである。これは、仕事でも同じ傾向が認められる。

リスクとリターンは、確率と期待値で数学的に処理をして考えることで、正しく認識ができるはずである。

預金には銀行が、株には証券会社があるように、ギャンブルにもそれを扱う組織がある。この銀行や証券会社は、特になにも生産していないが、お金を右から左へ移すときに手数料を取る。ギャンブルの場合もまったく同じだ。

競馬なら、騎手や、馬を飼育する人、馬券を売る人など、競馬に携わる大勢がいる。宝くじならば、全国の売り場で働く人たちがいる。これらの全員を収益で養わなければならない。また、両方とも有名人を起用して宣伝をしているし、売上げの一部が、公共団体ほか各所に入る仕組みになっている。

つまり、ギャンブラから集めた金は、大勢の人件費となり、公共団体の収益にもなっている。残った金額を、ギャンブルの勝者で配分しているのである。このように「場」が儲ける仕組みになっていて、場が食べてしまうから「バクチ」だという人もいる。

ギャンブルはお金を減らす立派な方法

競馬は、期待値が七十五パーセントとのこと。この〇・七五という小数を掛け合わせていけば、どんどん数が小さくなる。電卓で試してみよう。僅か八回掛け合わせただけで〇・一になる。つまり、競馬で八レースにかけるだけで、参加者の持ち金の合計金額が九割も減るということだ。

僕は、若いときにギャンブルをしたことがある。麻雀もやったし、パチンコもやった。競馬は見にいったことがあるだけである。人に対して、ギャンブルをするな、と忠告したことはない。それも楽しみの一つだし、趣味の一つである、と認識している。

自分の金と時間をつぎ込むだけの価値がそこにあれば、まったく問題ない。ただ、これは金を増やす方法としては、いささか効率が悪すぎる、というだけだ。金を減らす方法としては優れているといえるだろう。

人からお金をいただく方法

さて、これら以外にも金を増やす方法はある。たとえば、違法行為になるが、盗むとかお金を偽造するとか、騙し取るなどといった方法がある。ギャンブルでも、違法になるものもある。違法と定められている行為は、極めてリスクが大きい。元が取れることは滅多にないだろう。

また、犯罪ではなくて、単に他者からもらう、という方法がある。たとえば、僕が子供の頃には、町のあちらこちらに乞食と呼ばれる人がいた。通りかかった人が、ときどき小銭を置いていったりする。恵んでもらう、というのだろうか。これは極端な例だが、親しい人からもらう、あるいは親からもらう、祖父母からもらう、あるいは恋人からもらう、という場合もあるだろう。

子供だったら、お小遣いやお年玉がもらえる。最近では、けっこう馬鹿にならない額になっているとも聞く。僕も子供のときには、お年玉が活動の資金源だった。毎月のお小遣いをもらっていたが、そちらは少額であるうえ、すぐに使い切ってしまい、長期的な予算とはなりにくかったからだ。お年玉の額が大きかったのは、僕の両親が、七人兄弟と五人兄弟だったためで、親戚の伯父（叔父）伯母（叔母）が多かったせいである。今は、かつてよりも親戚の数が減っているかもしれない。でも、長生きするようになったから、祖父母や曾祖父母が健在である確率は高いかもしれない（どうでも良い考察である）。

もっとも、多額になると個人間の金銭の譲渡には税金がかかるので注意が必要である。こういうことは、知らなかった、で逃れられるものではない。

遺産がもらえても遅い

遺産が舞い込むという場合もある。子供が少なくなっているから、シェアする人数的には、以前よりは有利になっていることだろう。だが、逆に、近頃はみんな長生きになった。七十代なんて、ピンピンしていて、元気すぎるくらいだ。長生きすることで、遺産となる資金は目減りするはずであり、その意味では遺産不景気といえるかもしれない。

それに加えて、両親の遺産が転がり込む頃には、自分も老人になっている場合がほとんどである。一番お金が欲しいのは若いときなのに、このタイミングは残念だといえるだろう。介護が大変で時間や労力が逆に取られる一方で、資産はどんどん減ってしまうのだから、どちらにしても、あまり期待はしない方がよろしい。

人間の仕事はどんどん楽になっている

さて、これらの「お金の増やし方」をざっと眺めてみても、やはり「仕事」が最もリスクが少なく、確実な利益が得られる方法であることは自明である。だからこそ、こんなに大勢が毎日働いている現実があるのだ。満員電車に乗って、定時に会社に集まっている。ちょっと離れたところから眺めれば、どうしてわざわざ同じ時刻に示し合わせて集合するのか、という疑問は持っているけれど、最近少しずつ職場の環境は見直されているから、今後は徐々に改善されていく方向だろう。

昔に比べて、今の仕事ははるかに楽になっている。それは、人間以外のエネルギィが使われるようになったからだ。産業革命という言葉を聞いたことがあるだろう。事実、革命的な変化が社会に起こった。以来、どんどん機械が働くようになり、その分、人間は楽をさせてもらっているのである。

ＡＩが登場して、人間の仕事が奪われるかもしれない、という危機感を煽っているマスコミが多いが、それが起こったのが産業革命であり、人間の仕事はどんどん奪われた。その結果、小説を書くとか、歌をうたって踊るとか、ほとんど遊びのようなものまで、人間の仕事になった。今後も、そういった方向へ進み、いわゆる「肉体労働」のようなイメージのものは、すべて機械が担ってくれるようになるだろう。もしかしたら、遊んでいても生活が保証されるような社会になるかもしれない。というよりも、いずれ仕事は完全に趣味になるだろう、と予測できる。

工学部は就職を斡旋している

そんな未来はどうでも良くて、今お金がなくてなんともならない、働きたいけれど、就職ができない、と困っている人も多いことと思う。

特に、社会にこれから出ていこうという若者は、どんな仕事をすれば良いのか、自分はどうやってお金を稼げば良いのか、と迷っているところだろう。

とりあえず、なんでも良いから、少し働いてみると、感触が掴《つか》めるのではないか、というのが僕の意見だ。

僕は、大学の教官だったので、就職していく若者を沢山見てきた。どんな仕事をすれば良いのか、どんな仕事が将来有望か、自分に向いているだろうか、といった相談も数多く受けた。工学部だったので、伝統的に就職の世話は教官がすることになっていたのだ。もっとも、建築学科だから、いわゆる専門職に近いものともいえる。一般の企業へ就職を希望する学生は一割もいなかった。ほとんどが建築会社や設計事務所を希望していたから、大学の教官が窓口になって、企業に学生を紹介することができた。それ以外の企業へ行きたい学生は、会社訪問をしたり、説明会に行くような普通の就職活動をすることになる。

専門的な技術というか、その分野の知識を学んでいることが、就職には圧倒的に有利であり、多くの場合、企業の方から学生にアプローチがあった。ときには企業が学生を接待する。優秀な学生は、黙っていても有名企業から誘いがある、という世界だった。こういうことは、文系の大学ではちょっとありえないことかもしれない。

手に職をつける、ということ

もう少し一般化すると、これは個人の価値を高めることと等しいだろう。よくいわれる表現で「手に職をつける」というものがあるが、そういうスペシャルな状態になると、仕事に就きやすいし、転職もしやすくなる。食いっぱぐれることがない。また、これを高めれば、多くの場合、高給につながる。

つまり、お金の増やし方として、さきほど挙げたどの方法よりも有効なのは、実は自分自身の仕事能力を高めることであり、もっと簡単な言葉でいえば、「勉強」である。

「勉強」は、けっして楽しいものではない。当たり前である。しかし、勉強することでお金が増えるのは、ほとんど事実だといえる。統計的にも、これは簡単に証明できるだろう。

だからこそ、親は子供の教育に熱心になる。お金をかけて塾へ行かせ、家庭教師をつけ、小さい頃から勉強をするように仕向ける。勉強が楽しくなるように、あらゆる工夫をしている。「将来のため」という言葉で、子供を説得しているようだが、つまりは、「お金になる」という意味なのだ。おそらく、自分たちの経験でも、それが事実だと身に染みてわかっているからだろう。

ということを考えると、良い仕事に就くにはどうしたら良いですか、という疑問にも、

「今すぐに効果がある方法はない」と答えるのが正しい。一番良い方法は、何年もかけて勉強することだし、それはつまり、就職を間近に控えた段階では、もう手遅れなのである。

仕事量と賃金は比例していない

おそらく、どんな仕事でもだいたい同じだと思うが、仕事を始めた頃には、誰もが新人であり、給料でもらえる金額に見合うような働きができない。しかし、仕事に慣れてくると、効率がアップし、判断も的確になるから、すぐに給料分の価値を発揮するようになるだろう。

仕事に慣れた頃が、脂《あぶら》の乗った時期であり、雇い主の側から見れば、最も価値がある社員ということになる。しかし、その後は、効率は頭打ちになり、適度に力を抜くことを覚える。要領が良い人間なら、目立たないところでサボるはずである。しかし、たいていの場合、そうなっても給料はまだ上がり続ける。

そのうちに、仕事は部下に任せきりになり、ほとんど仕事をしていないのに高給を取る「上司」になってしまう。新しいことは考えず、恙《つつが》なく定年を迎えれば良い、という発想になるから、ばりばり働いている世代から見ると、ほとんど「給料泥棒」のように映るだろう。本人としては、若いときに無理をして働いたから、少しは返してもらっても悪くないはずだ、という気持ちがあるのかもしれない。

このように、給料制の会社員というのは、必ずしも仕事量と賃金が比例していない。働いた量や質に対して正当な賃金が支払われることは、まずないと考えて良いだろう。なにしろ、既婚であるとか、子供があるということに手当がつく。そういった手当がつくこと自体が、仕事以外のものを評価している証拠である。このあたりは、資本主義ではあるけれど社会主義的なシステムが取り入れられている理屈になる。

仕事を覚える、ということ

仕事に適合する早さは、人によって異なる。飲み込みの早い人と、遅い人がいる。飲み込みの早い人というのは、「即戦力」というのか、初期では価値がある。しかし、長い目で見た場合、伸び悩む傾向にあって、じっくりと仕事を覚えた人の方が、最終的に有能になる場合も多い。そういったことを、上に立つ人は感覚として理解しているはずだから、若者はあまり焦《あせ》らない方が良いかもしれない。

よく「成長」という言葉で語られる、個人の能力の向上であるが、このことを「知識」だと理解している人が多く、「早く仕事を覚えたい」という声をしばしば聞く。だが、そうではなく、「成長」とは、どう考えれば良いのか、という思考力によって成されるものである。覚えるものではなく、編み出すものだということ。頭を使うほど、頭が成長する。これは、その運動をするほど、躰がそれに慣れ、そのスポーツが上手になるのと同じである。スポーツが上手になるのは知識ではない。しかし、思考力は必要だ、ということ。

就職と転職について

若者が就職をするときに、「将来性」というものを意識しているように観察される。どの会社を選ぶのか、というときに発想されるポイントらしい。だが、その会社の株を買うわけではない。たしかに、将来性のない会社に入社して、倒産してしまったら元も子もない事態となるが、会社が潰れても、自分に借金がのしかかるわけでもないので、絶対的なリスクとはいえない。単に、再就職の先を探す苦労があるだけのことだ。もしかしたら、潰れそうな会社だからこそ学べることがあるかもしれない。出世も簡単だったかもしれない。それにより、再就職で有利になる可能性だってある。

一方で、現在好調な会社は、まず就職の競争率が高く、同世代のライバルが多い。いずれ会社が不調になったときに、その大勢はリストラの対象となる可能性が高いといえる。潰れなくても、不安定になる可能性は充分にある。十年経てば、時代は変わる。人間の寿命に比べて、企業の寿命は今や決して長くはない。

お金を増やすことを考えたときに、当然思いつくのは転職である。別の会社へ移った方が高給になる、という好条件もあるかもしれないし、また、独立して、自分で商売を始めるような挑戦も選択肢となる。

一般に、この場合も、リスクが高いものほど、成功したときのリターンは高い。ただ、その成功の確率は、やはり準備というか計画によってだいぶ違ってくる。何年も時間をかけて準備をしたものは、それだけ成功の確率が増す。衝動的、感情的に「辞めてやる」とまず決めてから、転職先を考えているようでは、成功の確率は低い。

大学や大学院の社会人入学

この頃の特徴として、大学に入り直す、という例がわりと多くなっている。以前から、なかったわけではない。特に、大学院には社会人入学の制度があって、企業に籍を置いたまま大学に入ることができる。企業が人を育てるために行っているし、工学部などでは、大学の研究室とつながりを持つことが、企業にとってもメリットがあるから成立しているシステムだといえる。

そうではなく、会社を辞めて、大学や大学院に入り直す、という人が増えているように観察される。年齢は三十代前半くらいが多いだろうか。

まず、自分がやりたかった仕事に就けなくて、まったく違う専門を学ぶ、という場合である。自分の実家の仕事を継ぐとか、結婚した相手の親の仕事を継ぐ、というようなケースも多い。

同じ専門ではあるけれど、大学院に入り直すという場合も一定数見られる。大学の学部（四年間）を卒業して就職をしてしまったけれど、会社に入ってみたら、大学院出の人が目立ち、自分もそういった（肩書きの）有利さを持ちたい、と考え直した人だと思われる。

さらには、大学院の後期課程（博士課程）に入学する場合もある。これは、博士号を取得することが目的だ。前期課程（修士課程）を出て、会社で研究的な仕事をしているうちに、博士号があったら将来有利だろう、と判断した場合であり、こうなると会社の理解を得て、入学するというケースがほとんどである。なにしろ、博士号を取得したあとに、同じ会社に再就職することができる、という条件でないと、年齢などからして就職は難しいからだ。軽い気持ちでチャレンジできるものではない。

会社勤めを辞めて商売を始める場合

一方、人間関係に疲れてしまい、会社員を辞め、自分で商売を始める人もいる。人には向き不向きがあるから、それを自覚しての転職だろう。いつも笑顔で、頭を下げて回ることができないと、会社という組織の中では摩擦が起こるらしい（僕は経験がないのでわからない）。それくらいなら、一人で商売を始めよう、という発想だ。

しかし、商売というのは、簡単に始められるものではない。特に、最初に資金が必要となる。僕は、父が工務店を経営していたから、商売のことは身近で見てきたので、比較的知っている方だと思う。たしかに、儲かるときは儲かるが、不具合があったり、事故があったりなど、ちょっとしたことで危機的な状況に陥るリスクがある。そういうときになっても、誰も助けてくれない。そこが会社から給料をもらう仕事と決定的に違っている点である。早い話、病気になっただけでお終いかもしれない。

現在の僕は、作家という個人経営の仕事をしている。作家は人を使わなくても成り立つ。商売も、人を雇わずにできるものは、それだけリスクが小さい。また、作家は店舗や事務所がいらない。商売道具もほとんどいらない。設備投資をする必要がない。ということは、誰でもいつでも開業できる。免許もいらないのだ。自分で「作家」だと名乗れば、その日から作家である。作品を書かなくても作家になれる。

つまり、この「私は作家だ」と名乗ったときが、設備を整え、店を構えて看板を出し、店員を雇って、開店した、という状態と同じである。あとは、客が来るかどうか、という問題になるのだ。

感謝をされる仕事がしたい症候群

店を持って準備をして開店するまでは、お金は減る一方である。この時点では、誰にも頭を下げなくても良い。夢を抱いているから、楽しくてしかたがないだろう。しかし、客が来店し、何某かの交換が成立して、お金を受け取ることになるわけで、このときには頭を下げなければならない。「ありがとうございます」と感謝を伝えるのは、お金を受け取る側である。お金を出す側は、余程のことがないかぎり、「ありがとうございます」とは言わない。

仕事に「やり甲斐」を求める若者が多いみたいだが、彼らの「やり甲斐」とは、仕事をした客から感謝される、というものらしい。だが、世の中の常識というのか、社会の基本的な法則として、お金をもらう側が感謝をするのであるから、仕事で感謝されようとするのは、明らかな筋違いである。もちろん、困っている消費者を助けることもあるし、感謝されるような職種もある（たとえば病気を治療した医者などが好例）。けれど、それは、お金以上の仕事をしてもらった、と相手が感じたときに出る言葉である。

どうしても感謝されたい場合は、お金を受け取らなければ良い。非常に簡単に感謝されることができるだろう。

「ありがとうございます」という声を聞くことができるのは、接客などを行う商売の最前線に限られる。多くの仕事は、もっと後方で支援をする作業だ。開発をしたり、研究をするような仕事では、誰からも直接感謝されることはない。しかし、仕事は例外なく社会に貢献していることはまちがいない。そのプライドを持って、自分で自分を褒めれば良い。これは、冗談ではなく、とても大事なことだと僕は考えている。自分で自分を褒められないようになったら、その仕事を辞めた方が良いだろう。

先輩が仕事を教えてくれない症候群

その仕事に関して、もっと自分を高めたい、つまり、もっと良い仕事ができる人間になりたい、という向上心を若者は持っているはずだ。それが最初からないという人は、少し問題である（生きていけないことはないが）。仕事ができる、とは、効率良くお金を稼ぐことができる、という意味であり、自分の欲求を叶えることに結びつく。

仕事をしているだけでは、どうも仕事に関するノウハウが学べない、と感じる人が多いようだ。職場の先輩がなにも教えてくれない、と不満を漏らす人もいる。おそらく、それまで（つまり大学まで）は、黙っていても先生が教えてくれた。講座で卒論を書くときも先輩が指導してくれた。それが、会社に入って、研修を終え、実務に就いた途端、誰も教えてくれない。そこで、急に不安になる。もしかして、周囲の人たち、先輩たちは、自分に意地悪をしているのではないか、と感じたりするらしい。

これは何故かというと、周囲に教えるような余裕がないためである。なにしろ、仕事の現場というのは、仕事をして自分自身がより良い立場を得たい、そういう人ばかりなのである。好き好んで人の教育をしよう、という殊勝《しゅしょう》な人間は稀である。

まず、自分から尋ねないと教えてもらえないし、本当のことを教えてもらえる保証もない。「見て学べ」などと突き放されることも普通だ。言葉で説明するのは、一般に面倒なものなのだ。慣れていないと、それができないという人が多い。

嫌な思いとお金を交換する

上の者というのは、自分たちが苦労しているから、後輩も苦労をすべきだ、と考えているのかもしれない。これは、運動部の「しごき」の理屈である。あまり質問を繰り返すと、「そんなことも知らないのか」「大学で何を勉強してきたの?」などと嫌味を言われるらしい。会社員というのは、多かれ少なかれ、全員がストレスを抱えているから、身近な人を不満の捌《は》け口にすることもあるのだろう。

そういったことも含めて「これが仕事というものだ」と受け止めるしかない。なにしろ、仕事というのは「嫌な思い」と「お金」を交換する行為なのである。この基本をときどき思い出そう。「良い思い」や「楽しい思い」をして給料がもらえるような職場は、奇跡的な場でしかない。そういう幻想を抱かない方が健全である。

とにかく勉強が大嫌いだった

さて、この章の最後に、また僕の話を書こう。

実は、就職したとき、僕はほとんど嫌な思いをしなかった。だから、たった今書いたばかりの「奇跡的な場」だったといえる。そういう場合、誰に感謝すれば良いのかわからないが、ときどきどこかでは、そういった奇跡が起こるのは確からしい。

まず、僕は大学四年生くらいから、真面目に勉強をするようになった。それまでの僕は、勉強という行為を馬鹿にしていた。そんなことを覚えて何の役に立つのか、と考えていた。だから、大学受験のときも、ほとんど勉強らしいことはしていない。学校の授業のときだけ勉強していた。家ではなにもしない。塾も行かない。自分の部屋では、工作ばかりしていた。読む本は、自分が関心のあるものだけ。だいたい、社会科なんか、家では教科書も開かない。固有名詞はまったく記憶しない。国語も苦手で、漢字は書けないし読めない。教科書をすらすらと読める人が羨ましかった。

なんとか、数学と物理だけで大学に入ることができたが、大学の講義も、高校のときと変わりがないことに絶望していた。大学だったら、もっと高度な学問が体験できるのではないか、となんとなく夢を見ていたからだ。適当にやっていれば単位は取れる。このまま卒業して、父の工務店でも継ごうか、くらいの将来像しか持っていない学生だった。

研究の面白さを知って大学院へ

これが覆《くつがえ》ったのは、四年生になったときだった。講座に配属され、卒業研究を始めたときから、勉強というものの意味ががらりと変わった。

研究というのは、調べることだが、どこかの図書館で資料を探すことではない。世界の誰もまだ知らないことを突き止めること、それが研究だとわかった。覚えさえすれば正解が書ける、それでテストに合格する、というこれまでの「学習」ではない。正解を見つけるために、その突き止める方法を考え、試したり、計算したり、仮説を立てたりしなければならない。

初めて「勉強」が面白いと感じた。なにしろ、自分が探求するためにヒントとなるような情報はないか、と資料を探す、なにか使えそうなものがあったら試してみよう、という目で見ると、なにもかも面白いのだ。

こんな活動を続けたいと思い、急遽《きゅうきょ》、大学院へ進学することにした。四年生の夏休みに入試があるが、そのまえの数カ月間、生まれて以来最も真面目に勉強をした。

大学院に合格し、卒業論文を書き、続けて修士課程に進学。ここでは、修士論文のための研究をする毎日になる（講義などはほとんどなかった）。ここで、幾つかの論文を書き、学会で発表をした。これは講座の教授の指導によるところが大きかったが、その論文が評価され、修士課程を修了したところで、他の大学の助手（現在の助教）に採用された。ちょうど新設された学科だったので、建物も新築で、先生たちは全員が新任だったから、雰囲気もとても良かった。

タイミング良く研究職に就いて

しかしながら、給料が安い。これは教授からあらかじめ脅されていたことだった。同級生の多くは、清水《しみず》建設や大成《たいせい》建設などの大手ゼネコンに就職している。その後、同窓会などで会ったときに給料の話になると、ほとんど僕の倍以上の額を、みんなはもらっているようだった。世の中はバブルの時代だったのである。

しかし、僕は自分の仕事が面白いということ、その一点に価値を見出していた。だから、不満はまったくなかった。助手は講義をしなくても良いし、ほぼ自分の研究に没頭することができた。好きなことをしてお金がもらえるなんて、こんな幸せなことはない、と感じていた。

たまたまタイミング良く（隣の県に建築学科が新設されたから）就職口があっただけで、いつもそんなポストがあるわけでは全然ない。もともと僕は、大学院の後期課程に進学し、さらに研究を続けるつもりでいたのだ。就職しても、ほぼ同じ環境で研究ができることが、なによりもラッキィだった。

助手だったときが人生の華だった

当時の生活が苦しかったことは、既に述べたとおりであるが、僕にとっては、人生の華《はな》ともいえる輝いた時期だった。毎日大学へ出勤し、ひたすら考えるだけ。当時、パソコンが出始めた頃だったから、ほとんどモニタの前に座って、プログラムを作っていた（僕の研究テーマは、数値解析手法に関するものである）。それ以外は、実験室で試験体を作ったり、測定をしたりした。理論的な研究がベースだが、それを実証するために、実験が必要だったからだ。

このときの研究で、博士号を取得し、卒業した大学に呼び戻された。そこで助手を二年間したあと、助教授に昇格した。工学部の教官では最年少だった。

だが、助教授に昇格したことを、僕は家では黙っていた。奥様にも話さなかった。それほど大したことではない、と僕自身は考えていたし、嬉しいという感覚もなかったからだ。昇格に対するこの価値観は、普通ではあまりないかもしれないが、僕はどちらかというと、自由に研究ができる助手の立場の方が、自分には向いていると考えていたのである。

助教授というのは、教授の次のポストで、独立した研究室を持つことができる。人事権を除けば、教授とほぼ同じ待遇であり、研究費も同額だった。両親は、僕が助教授になったことを知ると喜んだ。なるほど、そういうものか、と僕は感じた。それが世間というものか、とも知ったのである。

助教授になって、少し世間を知る

助教授になって、正式に講義を担当することになり、各種の委員会にも出席しなければならなくなった。また学会の活動でも、いろいろなノルマが回ってくる。非常に多忙になり、自分の研究を行う時間は極端に減ってしまった。

この頃になると、助手として採用された当時の倍以上の給料をもらえるようになっていた（それでも、ゼネコンへ就職した同級生よりはかなり安い）。貧乏からはようやく抜け出したことになる。子供たちは小学生だったので、学費もあまりかからない時期だった。このまま恙《つつが》なく過ごせば、いずれは教授になれる。大学の定年は六十三歳だったから、あと三十年くらいか、と将来のことを考えるようにもなった。

一方で、同級生からは、違う目で見られるようになった。「大学はいいよな」などと言われる機会が増えた。少々不景気になってきたようだ。僕は、まったくそういった社会情勢を知らない。なにしろ、TVも新聞も見ない。研究のことしか考えない生活だったからだ。

もっとも、同級生がそんなことを言うのには理由があった。学会の委員会へ出席するようになると、各ゼネコンの研究所から、所長や主任研究員といった偉い人たちが同席することになるのだが、大学の先生は、彼らをまとめる立場であり、委員長になることが多い。これは、民よりも官が偉いという上下関係のようだった。民間企業よりも国立大学は上なのだ。どうでも良いことだが、そういう習慣というか伝統がたしかにあるようだった。

大学の教官であれば、助手でも「先生」と呼ばれ、企業の人は社長でも「さん」である。ゼネコンの研究所の人なら、所長になるために博士号が欲しい、だから大学院へ社会人入学する、などということもあった。そうなると、自分よりも二十歳も上の人を指導する立場になるのである。

仕事としては、効率が低い

こうした社会的立場というのは、僕にはどうだって良いものである。仕事は、人間の価値を決めるものではない。職業に貴賤《きせん》はない、という言葉をみんなは知らないのだろうか、と不思議に思うほどだった。

助教授になって、僕は「これが社会というものか」あるいは「僕は労働しているのだ」と初めて感じるようになっていた。それまで、仕事を労働だと感じたことがなかったのだ。仕事は、自分の趣味の一部のように認識していた。

年齢のせいかもしれないが、少々疲れてきた時期だったともいえる。なにしろ、思うように研究がさせてもらえなくなった。退屈な会議で無駄に時間を潰すことが苦痛だった。出張も増えて、一週間に一回か二回は東京へ行く。二時間くらいの会議に出席するだけである。新幹線に乗っている間、研究のことをずっと考えていたが、これもだんだん馬鹿馬鹿しくなってきた。

「これが労働というものか」と気づいたときに、もう少し別のことにも気がついた。楽しいからこの仕事を続けてきたが、労働という意味では、それほど高効率ではない、という点である。なにしろ、忙しすぎて、好きな工作をする暇もないほどだった。

そうなると、価値の変換のようなことを思い至った。

まず、もう少し高効率な仕事はないか、ということだ。これまで、お金を得るということに、僕はほとんど関心がなかったけれど、少し頭を使って、自分に可能なバイトをしてみよう。他の仕事をしたことがないから、実験してみる意味はあるだろう、と考えたのである。

やりたいことを実現するために

といっても、現行の仕事を縮小することはできない。睡眠時間はますます削られることになる。ただ、今のうちにお金を増やしておかないと、遊ぶための準備が将来できなくなるのではないか、という心配もあった。

自分がやりたいことは、かなり絞られていた。それを実現するためには、時間を使うか、お金を使うかしかない。勤めているかぎり、時間はない。だが、お金を得れば、時間をかけずに、かなりのものが手に入るはずである。

少しずつ時間をかけて自分ですべてを作ろう、と考えていたけれど、そんな時間がない、間に合わないということがわかった。だから、バイトをしてお金を稼ぎ、それで欲しいものを買おう、という方向転換をしたわけである。

最も欲しいものは、土地だった。僕が欲しい土地は、広くて傾斜がない平たい場所である。そこに線路を敷いて、自分が作った機関車を走らせたい、というプランを若いときからずっと持っていた。いつかそれを実現しよう、と思っているうちに、もう三十代も後半になっていたので、少し焦ったともいえる。

田舎へ行けば、土地はどんどん安くなる。だが、遠くへ行くためには時間がかかる。大学の忙しさから考えて、それはかなり無理があった。なにしろ、土日もほとんど休めなかったからだ。自分が好きな研究をしているときは苦にもならなかったのに、つまらない会議のために時間を使うことは、どうしても我慢ができない。この仕事を定年まで続けることは、自分には無理なのではないか、とも思い始めていた。

仕事には未練も憧れもなかった

小説を書いたのは、このような状況だったからだ。一千万円くらいを稼げば、車で一時間くらいの場所なら、広い土地が買える、あるいは、もっと近くで借りることもできるだろう、などとぼんやりと考えていた。

僕は、大学の先生になりたかったわけではない。子供の頃から、学校の先生にだけはなりたくない、と考えていた。人にものを教えるというのは、僕は生理的に好きになれない。なんとなく、自分は正しくて、教えてやるのだ、という姿勢が、自分とは相容れないものに感じられたからだ。

大学の教官という立場には、まったく未練はなかった。単に、研究が面白いから、たまたまそれを続けていただけなのである。このあたりが、一般の方の価値観とは異なるところだとは認識している。大学を辞めると言ったとき、周囲はもの凄く驚いた。誰も、そんな想像はしていなかったのだ。

同様に、僕は作家にも、まったく憧れていなかった。なにしろ、国語が一番不得意で、文章がろくに読めない子供だったのだ。ただ、目的のために戦略を立てて実行する、その一つの道として、それがたまたまあった、というだけである。

自宅でできて、パソコンがあればできる仕事だろう、と考えた。これを思い立った次の日には、もう小説を書き始めていた。睡眠時間を半分にして、毎日書いたら、一週間で書き上げることができた。

その処女作を、講談社へ送ったのである。

好きなものを仕事にしなかった

もちろん、これほど上手くいくとは予想していなかった。駄目でも十作くらいは送り続けるつもりだったし、それでも駄目ならば、次はエッセィのような小文を書こうか、それとも、出版は諦めて、ネットでそれらを発表するような場を作り、読者を集めようか、などとも考えた。

僕はもともと絵が得意で、大学生のときには漫画を描いていた時期もある。だから、漫画を仕事にする、という選択もあったのではないか、と人から言われたことがある。しかし、これはまったく候補にならなかった。僕は遠視なので、絵をペンで描くことが、若いときから苦痛だった。目が疲れるのだ。眼鏡をかければ解決したのかもしれない。最近、老眼鏡をかけてみて、とても楽だとわかった。老眼ではなく、若い頃からの遠視なのである。

コンピュータのプログラミングには自信があったから、この方面で稼ぐこともできたと思う。しかし、当時はもうIT産業が盛んになりかけた頃で、多くの若者がその世界を目指していた。三十代の中年がそこへ参戦しても、とても勝てなかっただろう。

仕事の基本は、自分が好きなものを作ることではない。「良いものを作れば売れる」というのも嘘だと思う。買い手が欲しいもの、社会が求めているものを、先んじて作るしかない。

買い手にとって価値があるもの、つまり需要に目がけて投入するものが、良い商品となる。また、仕事をする能力とは、自分の好き嫌いではなく、自分が他者よりも優れていることとで価値を有する。多くの人がここを間違えているようだ。

たしかに、好きなものが得意になるかもしれないが、僕が観察したかぎりでは、かなりずれている場合が多いと思う。好きだから、得意だと本人が信じきっているだけで、むしろ自分を客観的に見ていない人がほとんどだ。自分がそれに向いているかどうかは、自分の満足度で測ってはいけない。そういう主観的な見方しかできない人は、人の意見をもっとよく聞いて、修正をする必要があるだろう。

自分が何に向いているかは案外自覚できない

学生が、自分はこういった仕事がしたい、と言ってくるのだが、どう見ても、その職種は向かないのにな、と感じることが何度もあった。しかし、僕は自分の意見を言わない。問われれば、こう思うけれどね、くらいは話すことがあるが、本人は絶対に自分の意見を曲げないのが普通だ。案の定、一年か二年で辞めてきて、また就職の世話をしてほしい、と大学へ相談にくるのである。こういうときでも、「だから言ったじゃないか」なんて話したことは一度もない。そんなにはっきりと忠告したわけでもないし、自分の予測が当たっていたことを話しても、意味はないからだ。

理系の大学を卒業し、一流企業へ就職できるようなエリートであっても、自分をよく観察できないのだな、ということがよくわかった。自分だからこそ、冷静に観察することができないのかもしれない。

こういった経験から、自分にも同じような見誤りがあるかもしれない、とすぐに修正する癖がついた。とにかく、自分の感情、自分の信念、自分の習慣のようなものに囚われないことが大切だ、と僕は感じている。いつも、「どうして自分はこう感じるのか？」という疑問を持つこと。自分の判断を疑う目を持つことにしている。

未来のことを考えて策を講じる

お金を増やす方法の中で、一番確率的に有利なのは仕事をすることだ。できるかぎり、若いうちにエネルギィを注ぐこと。そうすることで、しだいに効率が高まってくる。ほかのどんな方法よりも、確実にお金を増やすことができるはずだ。失敗する確率が低いこと、つまり安全なことが、仕事の特徴である。

そして、時間があったら、自分自身の価値を上げることに時間を使うこと。お金をかける必要はない。せいぜい本を買うくらいの投資で充分だろう。講習会や教室へ通う必要は全然ない。お金をかけないとやる気が出ない、という言い訳を自分にするようでは、なにをやってもものにならないだろう。

仕事が順調であっても、常に未来のことを考えて、事前に策を講じておくこと。いつも悲観的に考え、次の手を秘めておくことが大事だと思う。

お金を増やすことにエネルギィと時間を消費すれば、自ずとお金を減らすことができなくなるはずだ。これは、増やす方向の援助になる。

増やせば増やすほど、あなたの楽しみの可能性は大きくなるのだから、それをときどき思い浮かべるだけで、既に一部元が取れていることにもなる。こういったものは、上手くいくとすべてが同じ方向へ流れ出すものだ。楽しいことを計画すれば、いろいろな楽しさが集まってくるだろう。

すべては、有意義にお金を減らすためである。そのために、一旦はお金を増やす必要がある。人によって、その金額の大きさはさまざまだ。そこは、自分の欲求をよく観察し、見誤らないように……。

第４章

お金がないからできない？

「お金がない」とはどういう意味か

「やりたくても、お金がないからできません」という言葉は、誰でも幾度か聞いたことがあるはずである。自分でこの言葉を発した経験をお持ちの方もいらっしゃるかもしれない。さて、これはいったいどういう意味なのか、ということを本章では考えていきたい。

そんなこと、考えなくてもわかるよ、とおっしゃるかもしれないが、ほとんどの人は、この意味を深く考えていないように思われる。つまり、その思考停止にこそ、大きな問題、あるいはそれを言った人の人生における障害があるといっても過言ではない、と僕は考えている。

まず、「お金がない」という言葉は、自分には今たまたま手持ちの現金がない、くらいの意味らしい。もしくは、対象となっているものに使えるような資金がない、かもしれない。

僕は、ポルシェを買った。このときに、たしかに大勢から「いいな、お金があって」というコメントをいただいたが、そういう彼らだって、お金を持っているのである。

人は常に欲求を満たす道を選択する

では何故、普通の人はポルシェを買わないのか。もちろん、第一の理由は、それほど欲しくないからだろう。僕は欲しかったから買った。ようは、そこに大きな違いがあるということだ。

また、ポルシェを買ったら、ゲームが買えなくなる、友達と飲みにいく金がなくなる、家賃が払えなくなる、など、ほかの切実な問題が生じる可能性が高い、という観測があって買えない、という判断をする場合もあるだろう。これは、実際に「ポルシェが大好きで、絶対に欲しいんだけれど」とおっしゃっている方でも、買わないのはこの判断からだと思われる。しかし、要約すると「それほどまでして欲しくない」という意味だ。

こう考えていくと、「お金がないから」という理由は、ただ言葉として、当たり障りのない理由を（ある意味、遠回しに）述べただけであり、いわゆる「一身上の都合」と同じことだといっても良いだろう。結局は、「ポルシェを買いたくない」から買わない、とほとんど違いはない。

これは、人間の行動を客観的に見たときの大原則ともいえる。すなわち、人は自分の欲望を常に満たす行動を選択する、ということだ。

誰もが、自分の思ったとおりに生きている。一見、不満を抱え、不自由を強いられているように見えるし、本人もそう自覚している場合が多いのだが、傍から見ると、誰もが自分が一番したいことをしている。

社会は「合理」でできている

ただ、少し賢い人は、自分がしたい未来を想像し、そのために少しだけ回り道をする能力がある。これが「我慢」と呼ばれる行為である。一方、そこまで賢くない人は、我慢ができないので、今できる一番やりたいことを常に選択してしまう。そうすると、お金がなくなったり、犯罪に手を染めたりして、結果的に大損をすることになってしまう可能性が高い。これは、社会がそういうシステムになっているためだ。

この社会のシステムとは、一言でいうと「合理」で築かれたものである。してはいけないことを規定し、それを取り締まる権力を合議で作り上げた。どういう場合が良くて、何が悪いのか、ということを、個人の好き嫌いではなく、誰もが覚えられ、また、誰もが考慮できるような理屈によって構築したのである。人からものを奪ってはいけないなど、他者に迷惑をかけてはいけない、という基本的な理屈から、細かい規定を沢山作って、みんながまあまあ生きやすいような社会を実現する仕組みを作り上げた、ということだ。

自分がしたいことを常に選択できるとはいっても、法律に違反するようなことはできない。どうしてか？　それをすると罰則があって、自由を奪われたり、代償を支払うはめになり、その収支を天秤にかければ、自分が得をするとは思えない、すなわち、「そうまでしてやりたくない」という判断をするように仕向けられているからだ。

これは、ポルシェに高い値段がついていることと同じである。高い値段とは、一種のペナルティであり、そんな大金を出してまで手に入れたくはない、と思わせるような値段設定になっている。ポルシェが欲しい人は、このハードルを越えるほど、ポルシェを好きにならないといけないわけである。

あなたは、誰に支配されているのか

このように考えれば、誰もが自分がやりたいことをしているし、欲しいものを手に入れていることになるだろう。

そんなことはない。自分はやりたいことができない、という不満を持っている方は、おそらく、自分以外のものに支配されているのだろう。その支配者とは、たとえば、周囲の身近な人である。

これは、僕が遊んでいるところを見た人から、何度か聞くことになった台詞《せりふ》だ。すなわち、「よく奥様が許してくれましたね」「家族の理解があったからできたのですね」という類《たぐい》のもの言いである。

そのたびに、僕は首を捻った。僕は奥様に許してもらった覚えはないし、家族の理解など得られていない。そんな支配を受けてはいない。許可制度を森家で採用しているわけでもない。

政治家はときどき、これを言うように思う。「国民の理解が得られるよう、丁寧に説明していきたい」と。家族も、国家のように、こういった合議制を採っている家が多いのだろうか？　しかし、家族に選ばれて主人になっているわけではないだろう。

好き勝手なことをすると、家族から反対の声が上がり、糾弾《きゅうだん》されるということかもしれない。おそらく、これまでに、そういった小さな衝突があり、もう許されるはずがない、と自粛しているのだろう。だから、あんな言葉が出るのだ。たしかに、家族を維持することは、ちょっとした苦労があるものである。

家族の理解が必要なのは何故か

たとえ稼ぎ頭であっても、収入は家族のものである。少なくとも夫婦では平等に分けなければならない。財産はそういうものと規定されているからだ。たとえば、離婚したときには、結婚期間中の所得の原則半分を、別れる相手に支払う義務があるし、逆にいえば、請求できる権利がある。

それを、稼いだのは自分だからと、勝手に使い込んでしまった、だから自粛しているのかもしれない。その場合は、たしかに「家族の理解」は得られないだろう。だが、最初から、財産を分けて、お互いの自由を尊重した家庭を築いていれば、そういったことにはならないはずだ。今さら何の理解が必要なのか、という話になるだけである。

この「家族の理解」というのは、おそらく、その昔にあった「親族の理解」「集落の理解」の名残《なごり》だろう、と想像する。貧しかった時代には、それだけ集団で助け合わないと生活ができなかった。一人が勝手なことをしないように、大勢で監視していたのである。自分勝手なことをすると、「村八分」になり、仲間外れにされた。今でいうところの「いじめ」に近いことが罰として行われていたのだ。

この場合であっても、そういった疎外のデメリットを自分の意思と天秤にかけて判断をしていたわけである。仲間外れになってまでするようなことではない、という歯止めになっていたのだ。

個人を制限する精神的な拘束

現代は、このような連帯関係は事実上ないはずだ。個人の自由は法律で保障されているので、どこかの理解を得ないと好きなことができない、などという場合には、その拘束が違法になる。裁判をすれば勝てる。

しかし、精神的な連帯感は、今でもかなり厳しく個人を拘束している。いわゆる「絆《きずな》」である。別の言葉にすると「柵《しがらみ》」ともいう。人間関係を壊したくないから、自分の好きなことを我慢する、というものだ。「空気を読む」などとも表現される。ストレスが溜まることだろう、と同情するしかない。

この種の人間関係をすべて無視して、自由に振る舞えば良い、ということではない。もし、本当にそれをしたい、それが欲しい、というときには、丁寧に説明をする必要がある。どれくらいしたいのか、どれくらい欲しいものなのか、ときには代償として、これだけのものを犠牲にしても良い、というような説明をする。

周囲の理解を得るためには

時間をかけることも大切である。たった今思いついて、急に欲しくなったというのでは、相手は納得しないはずだ。そんな一時的な欲求なのか、すぐに冷めてしまうにきまっている、と考えるだろう。だから、とにかく時間をかけて、焦らずにじっくりと説明をする。たとえば、僕が五百円玉貯金をして、最初の機関車のキットを買ったときには、二年以上これを続けた。こういった（デモンストレーションともいえる）行動と時間によって、やっと気持ちが伝わるということである。

最初は否定される場合が多いだろう。でも、諦めずに、何度も説明をする。もしも、本当の絆で結ばれた仲間ならば、その熱意をきっとわかってくれるときが来るだろう。誠実さを見せることが、最も重要である。人間関係を保持したまま、自由な行動を取るには、このくらいの苦労はしなければならないだろう。欲しいものも大事だが、人間関係にも価値がある。両者を失わないためには、まずは時間を犠牲にしなければならない、という理屈になる。

そういった理解を得るためには、説明を続けると同時に、お金を貯める必要もある。どこかから調達できるならばけっこうな話だが、額が大きくなれば、そうもいかないのが普通である。

目的のためには犠牲が必要である

これは、お金を増やすというのとは、少し違う。「貯める」というのは、お金を極力使わないようにする、という意味だ。収入を増やす方が、直接的な解決であるが、現状の生活を維持したままでは、やや困難を伴う（僕がしたのは、これだが）。

もし、お小遣いが決まっているのなら、それをすべて貯金するのは当然であろう。食べるものも我慢し、つき合いもすべて断るくらいは、当たり前だ。そんなことはとてもできない、という人は、しなくても良い。夢を諦める方が簡単だ。そこまでして、買いたくはない、というレベルの「欲しさ」だったということになる。

たとえば、昼食を抜いたくらいで死ぬことはない（もともと、僕は一日一食だが）。食べることがせめてもの楽しみだ、という方は、そういう人生を貫《つらぬ》かれればけっこうだと思う。だが、どうしても実現したいものがあるなら、この程度の犠牲は、まっさきに差し出すべきではないだろうか。

切り詰められるものは、ほかにも沢山あるだろう。とにかく、このような苦労をして、自分のやりたいことを実現したという話は、非常に多い。できる人とできない人の二種類があるとは思えない。ようは、やりたいという気持ちの強さの違いだろう。

切り詰めるものは、お金だけではない。時間もエネルギィも同じように、その目的のために、ある程度は集中して投入する姿勢が必要となる。お金を稼ぐために、別の仕事をするとか、あるいは、購入するものと同等のものを自分で作ってしまう、といった方法だってある。

あらゆる方法を考え、できれば試してみることである。本当にそれがしたい、欲しいのなら、その方法を考えたり、試したりする段階も楽しみになるはずで、けっして苦痛とはならないはずだ。

お金がないという言い訳が欲しい人

以上のように考えていくと、「お金がないからできない」というのが、いかに「言い訳がましい」台詞であるか理解できたことと思う。なにげなく口にしてしまう言葉だが、これを聞いた人は、「あ、やりたくないんだ」と思えば良い。

ラジコン飛行機を飛ばしていたり、人が乗れるような大きな模型の機関車を運転していると、まずは子供が寄ってくる。子供は、なにも言わず、目を輝かせて見ているだけだ。僕が子供の頃がそうだった。近くの空地でラジコン飛行機を飛ばしている大人がいたので、音が聞こえたら走って見にいった。その人は、なにも説明してくれない。話しかけることもできなかった。ただ、何をどうやってそれが成り立っているのかを、じっと観察していた。たぶん、むこうも、質問があれば答えてやろうというくらいは思っていたのだろう。邪魔だと言われたことは一度もなかった。むしろ、危ないから操縦者の近くにいろ、と言っていたように思う。

こういう場に、ときどき大人がやってくるが、彼らは子供のように黙って見ることはできないらしい。たいてい、「これはいくらくらいかかりますか?」といった質問をする。そのほかには、「どれくらい遠くまで飛ばせるのか?」とか「どれくらいスピードが出ますか?」とか、そんな馬鹿なインタビュアみたいな質問をして、「良い趣味ですね」という友好的な台詞に行き着くくらいがせいぜいだ。

値段を尋ねる人は、少し興味はあるのだが、「自分にはできない理由」を知りたい。だから、無意識に出る質問といえる。もし、現実として同じことがすぐにやりたいのなら、お金の話にはならない。もっと、専門的な疑問を既に持っているはずだ。

本当の趣味人は人を誘わない

やりたい人は、もうやっているはずなのである。現在やっていない大人は、ほぼやりたくない人だということになる。大人は、誰にも支配されない自由人のはずだからだ。趣味人は、それをよく知っているから、けっして同好の士を増やそうなどとは考えない。同じ趣味を一緒に楽しみませんか、などと誘ったりしない。

ちょっとしたスポーツとか、なにか生活に役立つ料理、裁縫などなら、誘う場合が多いかもしれない。仲間が増えれば楽しいと考えるからだろう。こういう人たちというのは、仲間がいるシチュエーションが楽しみであって、趣味の対象にはそれほど思い入れがない。だから、人から誘われたくらいで始められるし、仲間と喧嘩をしたくらいで簡単にやめられる。

スペシャルな楽しみというものは、もっと面倒くさいものだ。素人に説明するのも面倒なのだ。自分一人で充分に楽しめるから、ほかの人に話したりしないし、誘ったりもしない。誘おうものなら、指導をしなければならない。その分、自分が楽しむ時間が削られてしまうではないか、と心配するほどだ。

「お金がないから……」は相手に失礼

ラジコン飛行機も、鉄道模型も、僕はほとんど仲間という人がいない。誰とも交流がない。知合いくらいならば数人いるけれど、一年に一度か二度、メールを交換する程度である。会ったりすることも滅多にない。その必要がないからだ。お互いに、そういう距離を取るのは、本当の楽しさを知っているからだろう。

こういったスペシャルな趣味はお金持ちがやっている、ということも事実ではない。みんななんとかやりくりしているし、お金の話などしない。高いものを持っているから自慢できることもないし、そういうものに手が出ない人でも、その人なりの楽しみ方を見つけていて、充実度には無関係なのである。満足がお金に比例しているわけでは全然ないことを、誰もが知っている。

ところで、この「お金がないからできない」というのは、「お金でできることだ」と誤解しているから出る言葉であることに気づいてもらいたい。本当は、お金では得られないものが沢山ある。それは知識であったり、時間であったり、それぞれが楽しみながら築き上げた履歴がある。そういうものを、すべてひっくるめて、「いくらで買えるの?」と尋ねるのが、既に大変失礼なことなのである。

お金で買えない夢を持っている人たち

同様に、お金では買えないようなシチュエーションを夢見ている人も、沢山いるはずである。

僕にはそれがなかったが、「小説家になりたい」という夢を抱き続けている人たちがいる。この場合、お金を貯めて実現できるものではない。何故だろうか?

それは、その人が得たい対象が、他者の承認だからである。自分の所有物にできないものは、お金で買うことができない。目的達成のために、お金は無力だ。せいぜい、小説教室に通うくらいしか、お金の使い道はない。高いパソコンを買って、上等な椅子や机を買っても、小説家には近づけないだろう。

これと同じようなことは、有名人になりたいとか、アイドルになりたいとか、素敵な恋人が欲しいとか、大草原の小さな家で家族で仲良く暮らしたいとか、そういった夢にもいえる。

これらは、お金では買えないものだ。何故なら、そこに他者が介入しているからである。現代では、他人を物理的に支配することができない。できるのは、せいぜいペットまでであり、自分の子供であっても、自分の自由にはできない。したがって、そういった願望を持っている場合は、少し修正した方が良いと思われる。

気長に説明をして、その対象となる他者を説得するか、あるいは、自身が桁外れの魅力を身につけて、大勢が集まってくるように仕向けるか、このいずれかである。お金が大して役に立たないことには変わりがない。

他者との関係を自分の願望にしても

自分の願望が、他者の関与、他者の評価だ、という点に、根本的な無理があるわけだが、しかし、このような動機からスタートし、自身が鍛錬を重ねて、目的を達成したという成功例も幾つかはある。たとえば、競争に勝ちたい、商売で成功したい、といったものは、不可能ではない。総理大臣になりたい、でももちろん、不可能ではないし、子供が持つ夢としては文句のつけようがないが、良い大人が真剣に口にする場合は、現在どれくらいまで準備ができているのか、という点を指摘されるだろう。

目的を完全に達成することは難しくても、そこへアプローチするプロセスには、価値が認められるし、ある程度の満足が得られることは事実だ。ただし、多くの人が挫折をすることになるのは、確率的に自明である。たとえば、あるアイドルと結婚をしたい、と願っていても、同じ願いを持っているライバルが沢山いるだろうし、これについては、あまり熱心に努力をしすぎると、犯罪に近づく可能性がある。

　自分の夢に他者が絡《から》む場合の基本条件は、その他者の人格を尊重することである。少なくとも合意を得なければならない。そこがスタート地点だろう。たとえ合意が得られたとしても、その人の気が変わるかもしれない。それに対して文句をいう権利はない。ここを間違えないでもらいたい。子供は成長するし、どんな大人でも気持ちがずっと同じではない。「約束したじゃないか」という恨みがましいことを言っても無駄である。他者に依存した夢の儚《はかな》さを味わうことができた、と満足して諦めよう。

　できるかぎり、他者に依存しないものを、自分の人生の目標とすることを、是非おすすめしたい。これは、多くの人にとって、非常に難しい条件かもしれないが、本来それが本当の夢というものである、と僕は考えている。

　人から褒めてもらいたい、優しくしてもらいたい、といった欲求は、お金でそういう演技をしてくれる役者を雇うことをおすすめする（実際、そういう商売が昔から沢山ある）。ロボットを買ったり、バーチャルリアリティの中で実現するならば、とても良い趣味だと思われる。

自分が欲しいものを知っていることの強み

人間の楽しみというのは、結局は自己満足なのだ。自分が満足できる状況へ自分を導くことが、つまり人生の目的であり、すなわち「成功」というものである。そのためには、お金は頼もしい道具だといえる。これを利用しない手はない。

「お金がない」が口癖になっている人がいるけれど、それはほとんど「望みがない」と言っているのと同じ状況である。ただし、お金がないから望みがないのではなく、望みがないから、お金がなくなるのだ。

自分が欲しいものをしっかりと把握している人は、それに向かうアプローチを考えるし、無駄なものにお金を使わない。だから、自然にお金持ちになる。欲しいものがない人は、そんなに欲しくないものに手を出してしまうから、お金を失いがちである。

お金だけではない。時間もそうだ。やりたいことがある人は、時間のやりくりが上手で、時間を有効に使っているように見える。やりたいことがない人は、時間を無駄に過ごしてしまう。時間が大切だという感覚も持っていない。

「時間がないからできない」というものはない。誰もが、同じ二十四時間の一日を過ごす。時間は、すべての人に平等にある。時間は、つまり「機会」であり、「チャンス」なのだ。

これを活かすことができれば、その後にやってくるさらに大きな「チャンス」が導かれる。

同様に、自分が本当に欲しいもの、自分が本当にやりたいことに、自分のお金をつぎ込むことで、さらに大きなチャンスが訪れることに、きっとなるだろう。

第５章

欲しいものを買うために

偉そうな人は、偉くない人である

お金持ちというのは、一般に貪欲な人だと認識されている。ドラマなどに登場するお金持ちのキャラクタは、だいたいそんなふうに描かれている。その姿を見て、「ああはなりたくないな」と思う人が多いことだろう。おそらく、僻《ひが》み根性を刺激して、共感が得られる常套手段として、脚本家が自然にそういった人物造形をしてしまうのにちがいない。この感覚はやや古い。最近では、このような演出は減っているだろう。

僕が知っている範囲でも、お金持ちは沢山いて、本当にとんでもない生活をしているのだが、例外なくいえることは、良い人というか、優しいし、心遣いが細やかだし、なによりも誠実で几帳面だ。だから、そういう人がお金持ちになるのかな、などと考えてしまうほどである。

お金持ちは、たいてい正直で謙虚である。つまり、威張る必要がないから、腰も低いし、人に良く見られたいという欲求もないから、見栄や嘘の必要がない。本当に偉い人は、偉そうなことは言わない。

自分を良く見せたい人というのは、本当はそれほど良くないから、引け目を感じている。そのコンプレクスがあるから、背伸びをして、人から馬鹿にされないように、と考える。それが、偉そうに見える態度になるのだと分析できる。

人に良く見られて、なにか得がある？

また、仕事上の立場で、大勢を動かすようなポストに就くと、自分が偉くなったような錯覚を抱く。これも、偉くないから、そういう勘違いをしてしまうだけである。現実を客観的に見ることができる賢い人だったら、そうはならない。

人からどう見られても、自分には影響がない。良く見られたら、なにか良いことがあるだろうか？　利益があるだろうか？　人気商売だったら、多少はあるかもしれない。政治家だったら、かなり利益があるだろう。そういう人は、良く見せなければならない。これはタレントと呼ばれる職業である。芝居をし、自分を装うことが、彼らの仕事なのだ。

作家というのも、いわば人気商売だから、人様に良く見られた方が有利だろう。でも、「この人は良い人だから本を買ってあげよう」という人はそんなに多くはないはず。そもそも、本を買うような人が極めて少数派である。僕は、なんでも正直に書くことにしているが、そういう素直なもの言いが目立つほど、大勢が綺麗事ばかり語っている世の中なのだ。もちろん、ベストセラになるのは綺麗事の方だから、僕にはとても狙えない領域である。

好きなものに敏感だと、お金持ちになる

お金持ちが貪欲だというのは、ある意味では、そのとおりだと思う。お金に貪欲なのではなく、自分が欲しいもの、自分がしたいことに貪欲なのである。つまり、これがお金持ちになった原動力だといっても良い。

「金に目が眩《くら》んだ」という台詞がときどき使われる。最近では、あまりないかもしれないが、かつては、しばしば身近でも聞いたことがある（『金色夜叉《こんじきやしゃ》』でもあったような気がする）。この「目が眩む」というのは、暗いところから明るいところへ出たときに起こる。つまり、お金を普段見ていない人が、お金を見せられて目が眩むわけであり、お金持ちはお金では目が眩まないはずだ。ここを勘違いしている人が多い。お金に目が眩んで犯罪に手を染めるのも、お金がない人なのだ。

お金持ちは、自分が欲しいものを常に探している。自分がしたいことに対してもアンテナを張っている。そういった情報を常に集めているし、その方面にも敏感だ。お金が儲かることが楽しみなのではない。楽しみなことを探しているから、お金を儲けるためのヒントも自然に舞い込んでくる。いわば好奇心旺盛なので、普通の人よりも情報を沢山取り込んでいる。しかも、少しでも早く情報を得たい、という気持ちを持っていて、これもお金を増やす

ヒントになりやすい。

　自分が好きなことを追求しているうちに、それが儲かる仕事になってしまった、というケースも非常に多く見られる。

僕は自分の仕事にほとんど興味がない

　お金持ちに共通する傾向として、勤勉で真面目だということがある。これも、自分の楽しみに関連していることだから、積極的になってしまうのだろう。人に任せておけない。できることなら全部を自分でやりたい。それを実践していると、細かい点にも気づきがある。それがまた、仕事に活きる、という具合に回るようである。

　僕は、作家という職業には、さほど興味はないし、文章を書くことも好きではない（得意でもない）。しかし、毎日自分の趣味（研究や工作関連）のために、ネットを眺めたり、本を読んだりする時間を多く取っていると、そういうなかから、作家の仕事に還元できる情報も多々得られる。小説は読まないが、小説以外のものの方が、ずっと小説に活かせる素材となりうる、と感じている。

　小説ばかり読んでいたら、新しいタイプの小説が書けなくなるのでは、ということを指摘したこともある。好きだからというのは、たしかに仕事の原動力にはなるかもしれないけれど、ときにはマイナス要因となるとも考えている。しかし、まあ、僕が小説が大好きだったら、もう少し売れる小説家になれただろう（人気者が好きではないので、この程度で良かった、と自己評価しているが）。

手に入れたあと価値が増すもの

お金を減らす方法の王道は、自分が欲しいものを手に入れ、やりたいことを実現することであるが、この欲しいもの、やりたいことというのは、単なる消費ではない場合がほとんどだ、という点に特徴がある。

受け身の楽しさというのは気楽だから、準備もいらないし、工夫も苦労もいらない。ただ、その時間内に恍惚感を味わえる。音楽を聴いたり、演劇を見たり、スポーツを観戦したり、といったものは、突き詰めれば簡単な「消費」である。楽しいし、また仲間もできるかもしれない。そういったコミュニケーションに浸るのもまた、楽しみの一つになるだろう。しかし、その時間が終われば、なにも残らない。

もう少し踏み込んで、「探求」あるいは「研究」というレベルになると、話はだいぶ違ってくる。単なる消費ではなくなる。何が違うのかといえば、自分がなんらかの知識を得たり、新しいことに気づいたりできる点だ。つまり、自分が能力的に高まる、成長する効果がある。

少々オタクっぽい感じに聞こえるかもしれないが、自分の価値が高まる、と考えてもらいたい。この「探求」や「研究」というのは、レベルアップするほど、見返りが大きくなるだろう。より楽しくなることも確実であるし、また、加速度的に自分の価値が高まる傾向がある。

熱心に取り組めば価値が生じる

あるときは、その価値が、お金に還元されることもあるだろう。レベルが高くなると、周囲からなにかを依頼されたり、指導してほしいと頼まれたりするかもしれない。その分野で本が書けるかもしれない。今はネットの時代だから、その分野で有名になり、予想もしないような大きな仕事が舞い込んでくることだってある。

たとえば、僕の場合で例を挙げてみよう。あまり良い例ではないけれど、こんなこともある、という話である。

僕は、線路を長く敷いて、自分が作った機関車を走らせるという夢を叶えるために、作家というバイトをした。少々予想外にこれが上手くいったため、僕は、庭園鉄道の本を出すことになった。出版社としては、小説のファンが作家の素顔を知りたがるだろう、と需要を見込んだのだろう。

自分の庭園鉄道については、ネットのブログで写真やちょっとしたレポートを公開していたのだが、それがほぼそのまま出版物となった。これまでに、合計五冊の本になっている。そんなものが売れるのか、と思われたかもしれない。誰もがそう思ったことだろう。僕も売れないと思った。だが、合計すると五万部以上売れている。これらの印税は一千万円近くにもなったのだ。まさか、このマイナな趣味がお金になるとは、想像もしなかった。

これまで、庭園鉄道というものを解説した本が日本にはなかったのである(イギリスやアメリカには沢山ある)。そういう新しさが、いちおうあった。やっている人は非常に少数だけれど、やりたいと思っている人は、それなりの数がいたのだろう(せいぜい数千人だが)。小説のファンと、そういうマイナな趣味人が、僕の本を買ったというわけである。

自分が好きなものは、いずれ活かされる

また、僕は模型飛行機が大好きだった。小説で書いているものは、飛行機とはまったく関係がない。しかし、ある編集者が、飛行機の話なら書いてくれるだろう、と考えたらしく、僕に飛行機の小説を書いてほしい、と依頼してきた。

この、好きなものだったら書くだろう、という発想が、僕にはまったく理解できないものだったが、一般的には、小説を書くのは小説が好きな人だ、というように相関があるらしい。僕としては、飛行機で小説を書くなんて考えてもみなかったことだった。いくら自分が好きだからといって、小説にそれを書いても、なにか面白いことがあるだろうか、と訝《いぶか》しむことしかできなかった。だが、依頼されたので、素直に引き受け、書いてみたのである。

このときも、どうせ売れるわけがない、と思った。自分だったら、こんな小説は絶対に読まないだろう、と思える作品になった。案の定、まったく売れなかった。それでも、僕が予想したよりは売れて、出版社も続編を依頼してきた。

最初の一冊だけだろうと予想していたので、実は思いついたストーリィの最後のエピソードを書いたのだ。だから、続編となると、物語上の過去に遡《さかのぼ》って、前巻のまえのエピソードにならざるをえない。結局あと四作も上梓し、それに加えて短編集も出したから、シリーズが六作にもなった。

ところが、この作品は、押井守《おしいまもる》監督によってアニメ映画になったのだ。僕はそちらの制作にはまったく関わっていないけれど、もちろん、原作料がもらえる。その後TVで放映されたり、DVDになったり、グッズが出たりした。海外でも販売されたから、そのたびに印税がいただけることになった。

なによりも一番大きかったのは、売れないシリーズ六作が映画の影響で売れて、それらの印税が合計で一億円を超えるまでにもなったことだ。今でもまだ、印税が振り込まれている。

誰でも、好きなものでは博学である

よほど飛行機に詳しいのですね、どれくらい取材をしたのですか、とインタビューできかれたが、僕は小説でもエッセィでも（今書いているような新書でも）、取材というものをした経験がない。一切なにも調べない。ただ頭に思いつくものをだらだらと書いているだけである。

しかし、若いときから模型飛行機を作って遊んでいたのは確かだ。ラジコン飛行機は、百機は作っている。自分で設計して作ったこともある。実機がどんな仕組みで飛ぶのかくらいは、もちろん知っているから、物語を書くうえで、容易に想像ができたというわけだ。

また、僕が大学で研究をしていたのは、流体力学の理論的な解析手法についてである。力学が専門なのだ。物体にどんな力がかかったら、どのように運動するのか、と頭の中でシミュレーションができる。

そういったことが、小説を書くうえで、活かされることは多い。飛行機が飛ぶようなシーンは、間近で見たことがある人は少ないから、普通は想像できないものかもしれない。小説やエッセィというのは、自分の知識や体験を基にしている。つまり、自分の価値を切り売りしているような商売といえるだろう。

そういうものをひけらかして、お金に変えているのだから、あまり格好の良いものではない。はっきりいって恥ずかしい行為である。だが、恥ずかしいという苦痛とお金を交換していると考えることができる。そういう商売なのだ。

価値は、自分自身の中で育つ

ここまで、「価値」という言葉を使って、欲しいものとは、個人的な価値を生じるものだ、という説明を行ってきたが、価値は、欲しいもの、やりたいこと、という物体や行為自体にあるのではなく、それを手に取ったとき、それをやっているときの自分に生じるもの、と考えた方が適切である。同時に、それによって自分が高まれば、価値はさらに大きくなる。

たとえば、コンピュータという道具を考えてみよう。

コンピュータは、僕が学生の頃には、大きな建物の中に存在する機械だった。計算機センタというビルの中にそれがあった。しかし、僕が大学院生になった頃には、数万円のキットが売り出されるようになり、個人がコンピュータを所有できる時代になった。僕はそれが欲しかったけれど、使いこなすのには、相当な知識が必要だし、時間もかけなければならない代物《しろもの》だったので、購入に躊躇《ちゅうちょ》していた。簡単な言語で動かせる完成したコンピュータは十万円以上の値段だったのである。

大学院を修了し就職と同時に結婚をしたのだが、このとき、研究室の先生や仲間が、お金を集めて、僕の結婚祝いにコンピュータをプレゼントしてくれた。当時十二万円くらいの値段だったかと記憶している。

つまりこれは、僕が自分で買ったものではない。ちょうど、結婚をして遠くへ引っ越したときだったから、自分の楽しみのためにコンピュータを買うことは我慢をしなければならない状況だったのだ。そこに先輩たちが気づいたのか、プレゼントをしてくれた、というわけである。

その後、僕はコンピュータにのめり込むことになった。仕事場にもパソコンが導入され、最初の一年はほとんどプログラムをする毎日となった。これが、のちに解析的な研究で博士号を取得できたことへつながっているし、また、キーボードで文章を打つことに慣れ、それまで大嫌いだった作文に対しての苦手意識がなくなったことにもつながっている。小説を書こうと思いついたのも、自宅にパソコンがあったからだ。

ものを買うことが自分への投資になる

最初のパソコンは自分でお金を出して買ったものではなかったが、数年後には、もっと高性能になったパソコンを、自分の趣味の予算から支出して購入した。ゲームを自作したこともあるし、あらゆるアプリを自分で作った。今でいう、「イラストレータ」のような作図ソフトや、「エクセル」のようなスプレッドシートも自作して使っていた。最初の頃は、そういったアプリが高価だったためだが、作ること、プログラミングすることの楽しさがあったからだ。また、そのような過程で培《つちか》ったプログラミング能力は、僕の価値を引き上げることになっただろう。最初に買ったパソコンは数十万円だったけれど、のちに、それらは何倍、何百倍にもなって還ってきたのだ。

これは、少し離れて観察すると、その買いものが、自分自身への投資になっている図式といえる。単なる消費ではなく、発展的に築かれる価値があった、ということだ。

そういった観点から買いものをする人というのは、あまり多くはない。子供に対しては、これに似た志向があるだろう。買い与えるものによって子供に成長してほしい、と親は考える。それを見越して、少し余計な出費もしてしまうだろう、僕の母が買った五千円のニッパのように。

将来性に対してがめつくなろう

ところが、自分に対しては、このような「成長」や「未来」よりも、もっと目先の利益しか見なくなっているのではないか。「これを買ったら、あいつが羨ましがるぞ」というようなことしか頭にない。若者だったら、もっと将来性のあることにお金を使いたいところである。否、中年でも老年でも、それは同じだ。そういった時間スパンを持って考えることが、結局は、お金の有効な使い方につながるということ。

おそらく、お金持ちというのは、この理屈を信じている人たちだろう、と想像する。そういうお金の使い方しかしない、と極端に徹底している人もいるくらいだ。彼らにとっては、目先の贅沢というものが最も避けるべき対象なのである。

将来性といっても、宝くじのようなギャンブルは、まったく該当しない。ギャンブルというのは、自分の価値が高まるものでもない。競馬であれば、予想するノウハウが多少は蓄積されるかもしれないが……（限りなくゼロに近いだろう。競馬予想の専門家という職業がどれくらい高収入なのか知らないので、想像である）。

このような将来性を見越して買いものをするのは、ある意味で「がめつい」姿勢である。それよりは、宵越《よいご》しの銭は持たない江戸っ子気質の方が、自分には向いている、という人もいるだろう。僕は、金持ちが正しい、貧乏は間違いだ、ということを書いているのでは全然ない。それぞれが、自分のビジョン、自分の嗜好に合致した人生を歩むのが幸せというものである。自分の思いを現実にすることが、自由というものだ。

欲しくても買えないものばかりだった

さて、欲しいものを買えば良い、と書いてきたが、欲しいものでも、売っていなければ買えない。これが、現在の社会システムの原則である。売られているものしか買うことはできない。なにかの権力で、金は出すからこちらへ寄越せ、という強要はできないことになっている。これは、他者を自由にコントロールできないことと同じである。

僕が子供の頃、若い頃には、僕が欲しいものは、ほとんど売っていなかった。それらが世の中に存在することは知っていた。雑誌などの記事でときどき紹介されていたからだ。しかし、いくらするのかわからないし、どこで売っているのかもわからない。

もちろん、多くは製品として売られているのではなく、所有者が自分で加工して作ったものか、あるいは誰かに依頼して作らせたものだったのだろう。

小学生のとき、僕は懐中時計が欲しかった。ドラマなどで、探偵が持っていたりする。ポケットからそれを取り出すと、細い鎖がついていた。中学に上がるときに、時計を買ってもらえることになったが、時計屋へ行っても、懐中時計は売っていなかった。そんなものは今はありませんよ、というのが店主の返答だったことを覚えている。

大人になって免許を取得したときには、クラシックカーに乗りたかったのだが、これももちろん売っていない。売られているのは、つい最近の製品だけである。どこにも、そんなものを扱っている店はない。もしあったとしても、馬鹿高い値段だっただろう。

欲しいものを探す旅を続けた若い頃

これは、おもちゃでも同じだった。僕が欲しいものは、どこのおもちゃ屋にもなかった。模型を自分で作るようになっても、僕が欲しい模型は、模型店にはなかった。

ずっと名古屋に住んでいたが、結婚して三重県に引っ越した。名古屋に比べると田舎なので、ますます欲しいものが買えない状況となった。街に模型店は一軒しかない。しかも、鉄道模型もラジコン飛行機も扱う店だ（専門店ではなかった）。欲しい部品を買うためには、名古屋まで行かなければならない。車で片道一時間以上かかるが、なかなかそんな時間は取れない（特に昼間は）。

僕の奥様になった人は、大阪の人だったので、子供が生まれたあとは、その実家へたまに行くことがあった。自動車で片道三時間ほどかかる。一泊して帰ってくることが多かった。そのついでに、大阪の模型店にもときどき寄った。最初は、もの珍しいものが幾つか見つかったものの、それを買ったら、もう欲しいものはなくなった。

自動車で行ける範囲は、二十代までに、だいたい制覇していた。東京へ出張する機会があれば、仕事が終わったあと、時間があれば模型店に寄って、売られているものを眺めることも多かった。お金がないので、なかなか買えるわけではないけれど、とにかく欲しいものがない、ということの方が印象に残っている。それでも、万が一の出会いを期待して、どうしても足を運んでしまうのだ。

初めて海外へ行ったときも同じだった。国際学会のための出張だったが、現地でホテルに到着すると、近くに模型店がないか調べる（当時はネットなどないから、町の紹介をしているガイドブックで探すか、観光案内所かホテルで尋ねるしかない）。

アメリカ、カナダ、ドイツ、イギリス、フランス、イタリア、スイス、韓国、中国などの模型店を回って、珍しい品を探した。たしかに珍しいものはあるが、製品であれば、日本でも取り寄せることができる。そうではなく、店主が作った一点物を見て、売らないかという交渉をするのである。売ってくれても値段が折り合わなければ買えない。滅多に欲しいものを手に入れることはできなかった。

インターネットは革命的だった

この状況が一変したのは、九十年代になって、インターネットが普及してからのことである。まず、世界中の模型店とメールで簡単に連絡が取れるようになった。相手のアドレスがわかれば、こういったものを探している、と伝えることができる。模型雑誌などにメールアドレスが書かれていたからだ。

その後、WWWが一気に普及し、模型店はホームページを持つようになった。そして、小ロットの製品を、ネットで販売するところも増えてきた。この状況は、僕にはまるで天国のようだった。こんな凄いことが起こっているのに、世間では誰もインターネットに注目していないようだったが、もちろん知っている人だけが得をするのだから、みんな黙っていたのだろう、と解釈した。

そのうちに、個人のサイトが登場し、有名なモデラが自分の作品を発表するようになる。また、掲示板などでの情報交換も盛んに行われるようになった。

そこへ登場してきたのが、ネットオークションだ。最初は日本の Yahoo! オークションから始め、すぐに海外の eBay などにも手を出した。

それ以外でも、有名な模型店が中古品をネットで扱っていたし、また、インターネット以前からあった伝統的なオークションも、ネット上に品物を展示するようになった。こうして、買えるものがどんどん増え、そのバリエーションも広がっていった。

ネットオークションで世界が変わった

オークションに登場する品物には、これまで絶対に買えなかったものが少数だが混ざっている。かつては、古物商、骨董商という専門の商売が扱っていた品々である。趣味人が亡くなったとき、その人の持ちものの大半は、遺族には価値がわからない。これをまとめて古物商、骨董商に売る。その品々を、自分の店で展示したり、店同士で交換したりして流通させ、興味のある客へ届けていたのだ。

ネットオークションは、そういった限られた範囲ではなく、少なくともネットを利用できる人たちを通して、広く一般社会に品物の存在を知らせる力があった。

たとえば、模型店の店主が暇に任せて自作した作品は、かつては店のショーウィンドウに飾り、そこに来店する客にしか見てもらえなかった。その客の中に、それを買っても良いという人が現れるまでは売れない。なかなか売れるものではなかった。

だが、普通の製品と違い、それは一点しかない品だ。つまり、一人でも買い手がいれば完売だ。ネットオークションは、最初は参加者が少なかったが、あっという間に日本中の人たちが見るようになった。欲しい一人は、かなりの確率で見つかる。買い手が見つかるのに、数日しか時間がかからない。

欲しい人が大勢いれば、値段は当然高くなる。ネットオークションは、一般の方は、中古品を安く買える場だ、と認識しているようだが、それは町の広場で日曜日に開催される「蚤《のみ》の市」の話である。全然そうではない。僕の認識では、価値のあるものは、ネットオークションが最も高い値段になる。安くは買えない。ただ、非常に珍しいものが見つかる、という点が一番の特徴である。

個人の手仕事が価値を持つような時代

いずれにしても、インターネットの普及がもたらした革命的なシステムが、このオークションというか、個人どうしの売買、あるいは小規模なネットショップという商売の形態であろう。それまでの商売は、大量生産による安価な品物を、いかに流行させて大勢に売るか、という指向だったが、これが完全に覆《くつがえ》ったといえる。

たとえば、僕が知っている若者で、プラモデルの着色を仕事にしている人がいる。彼は、中学生の頃からプラモデルが大好きで、手先が器用なこともあって、プロ並みの製作ができた。大学生になって、ネットオークションで自作を売るようになったのだが、千円で購入したプラモデル（のキット）を組み立てて、色を塗ったものが、数万円で売れるのだ。

一つの作品を作るのに(夜しか時間がかけられないから)一週間くらいかかるという。それでも一カ月で十万円ほどの収入がある。その後、彼は一度に二つを作ることにした。一つ作るのも二つ作るのも、時間的にほとんど変わらないらしい。売上げは倍とはならないが、多少安くすることで、これまた飛ぶように売れる、と話していた。

プラモデルというのは、プロが作ったら、キットの百倍の値はつくという。世の中には、それくらいお金を出しても、完成したものが欲しい、自分ではそこまで上手く作れない、という人が大勢いるということである。おそらく、買っているのは、プラモデルで育ったけれど、挫折してしまった老年層だろう。

価値のあるものは、市場に出ない

お金というのは、このように、時間、労力(能力)などと交換ができる。自分の得意な分野で稼ぐことで、自分が欲しいものを結果的に得ることができる。そこをよく理解して、人より自分はどんな点で優れているのか、と考えるくらいのことはしてみても良いだろう。

僕は、運良く作家になれたことで、それまでに自由に使った経験のない額のお金を得た。そのお金で、欲しかったものを買った。今では、自宅の僕の部屋(書斎、工作室、ガレージ、ホビィルームなど）は、それらの物品でいっぱいになった。

こうして気前良く買いものをしていたら、そのうちに、各方面から「こんなものがあるのですが、お買いになりませんか？」と声がかかるようになった。また、世界中の模型店からも、ときどきメールが届き、「珍しいものが入荷しました」と知らせてくる。非常にマイナなものばかりで、有名モデラが博物館のために作った品とか、どこかの金持ちのために技師が作った品などである。だいたい、安くて五十万円くらい、高いものは一千万円クラスである。滅多に買えるものではない。

スペシャルな品には独自の流通がある

この場合、そのモデルは、博物館や金持ちの手に渡っているはずなのだが、製作者は時間をかけて作るとき、予備を同時に製作する。同時に二つ作る、というのが、この世界の常套らしい（三つ以上のときもある）。さきほどのプラモデル少年と同じ理屈である。

万が一、納めた作品に不具合があったり、破損などをしたりしたときに、スペアがあれば、そこから部品を外して補うことができる。最近ならＣＡＤが発達したし、３Ｄプリンタを使うことも増え、データが残っているかもしれないが、そういった一点物では、細かい部品の詳細な図面を残すようなことはない。現物合わせで作っていくことが多い。だから、同じものを二点作っておくことで、このような資料が残るというわけである。

売りに出されるのは、そのほとぼりが冷めた頃のスペアの一点だったりする。製作者が亡くなっている場合がほとんどで、遺族が売りに出したのだ。

そうでなくても、メーカが試作品で作ったものとか、有名モデラが作ったけれど、なにかのトラブルで一部壊れたもの、などがときどき出てくる。そういうものを買わないか、と知らせてくれるのだ。

若いときに、「いったいどこで売っているのだろう?」と不思議だったことが、ようやく、一部だろうけれど、わかってきたということである。

価値がわかる人のところへ価値は届く

おそらく、食材などでも、一番良いものは有名料亭へ直行し、そこでグルメの客を唸《うな》らせるために使われる。破格の値段で取引きされるのだろう。その次は、お金持ちがどこかへ送りつける品として選ばれる。これも高く売れるルートがあって、良いものがそちらへ流れる。こういったところへ行かなかった、いわば落ちこぼれの残りものが、普通の市場へ流れてくる。最後はスーパマーケットに並んで、一般庶民が買うことになるのである。普通の店で普通の値段で買えるものとは、つまり、そういうものだと理解した方が良いだろう。自分が欲しいものを買っているようで、実は、二流、三流のものを買わされている、という状況にも見える。

僕自身はグルメでもないし、全然それで構わないと考えている。ただ、自分が欲しいものになれば、話は別である。欲しいものに対しては、どんどん知識が増えるし、目利きもできるようになる。そうなるほど、欲しさも増幅される。

もののパフォーマンスというのは、少し考えてみると、値段と比例して高くなるものではない。十倍の値段を出せば、十倍のパフォーマンスが得られるかというと、そんなことはまずない。高くなるほど、パフォーマンスは頭打ちになる。ほんのちょっとの違いしかないのに、高い料金を出さなければ買えなくなる。

ただそう感じるのは、そのジャンルの価値がわからない人間だから、という理由もある。そのジャンルにどっぷりと浸かった人から見れば、その理屈になるだろう。一般の人には、十倍の値段の料理が十倍美味いとは感じられない。せいぜい良いところ二倍だろう、ということ。しかし、グルメは、それを十倍美味いと感じる能力がある人たちなのだ。

もちろん、だからこそ、その値段がついている。その値段でも買う人がいるということなのだ。

価値は評価者によって決まる

ものの価値とは、それを製造するときの時間や労力やエネルギィで決まっているのではなく、その価値を評価する人と、それを買う人の価値を投影（あるいは想定）したもので決定されているという理屈になる。

もし、そのパフォーマンスに見合わない値段がつけられた場合には、それは売れない。売れなければ、価値がないものになる。たちまち市場で価格が下がるだろう。売れないものは、叩き売られることになる。価値があると勘違いして買った人が売りに出しても、良い値段はつかない。

一方で、価格以上のパフォーマンスがあることが知れわたると、まずすぐに売り切れてしまうし、買った人が、それよりも高い値段で売ることになる。こういった反応が以前よりも早く市場を伝播《でんぱ》するので、様子を見ていると、どれくらい価値があるものなのかがすぐにわかるようになった。

ただ、大勢が欲しがるから、一時的に値が上がるという現象がある。パフォーマンスが評価されて上がっているのではなく、単に品物が少ない、行き渡らない、ということからそうなってしまう。これを利用して、すぐに売り切れにする、あるいはそう宣伝をするような商法が、最近では一般的になった。あまりに一般的になりすぎて、そろそろ消費者も引っかからなくなっているかもしれない。

慌てて買わなくても、ネットオークションに出てくるから、という姿勢も普通になった。行列に並んで、競争するように買い求めるというのは、スポーツやイベントとしては面白いかもしれないが、冷静な価値判断ができているとは思えない。

欲しいものが手に入りやすい時代

この頃の傾向として、かつてよりは少量の生産が可能となっている。これは製作方法がデジタル化し、必要な分だけを生産し、製作に必要なデジタルデータを保存しておけば、いつでも再生産が可能になったからだ。大量に作るから安くできる、という感覚の「大量」の数字が非常に小さくなりつつある。

かなりマイナな製品が出てくるのも、この理由のためだ。また、以前だったらとても製品化されないジャンルのものが、あえて選ばれていることもある。それくらい、少数を相手にした商売にシフトしているということである。

というわけで、現在は、本当に欲しいものが手に入る時代になった。しかも、かつてよりも安価になっているものが多い。高嶺の花だったものが、手が届く値段になっている。世界全体を見ても、大きな戦争がなく、社会が生産を続けているため、平均すれば個人は豊かになっている。お金があれば、欲しいものが買える、というのは、平和な社会だからこそ、といえるのではないか。

第６章

欲しいものを知るために

欲求のセンサが麻痺している人たち

欲しいものを買いなさい、といわれても、自分は何が欲しいのか、が本当のところよくわからない、という人が多いのではないだろうか。

たとえば、人の意見に流される人は、その言葉のとおり「流行」を気にするだろう。みんなに褒めてもらえるものを欲しいと思ってしまう、他者に見せる写真を撮るために出かけていく、みんなと同じことがしたい、なにか感覚を共有したい、という欲求に支配されている。

そういうものを一旦忘れて、自分が欲しいもの、したいことを考えてみると、どうしてもなにも頭に思い浮かばない、という人がいらっしゃる。あまりにも、周囲の空気に流されて生きてきたので、みんなと同じことが、自分がしたいことだ、欲しいものだ、と勘違いしてしまったままになっている。つまり、欲求の感覚が麻痺してしまい、好きなものを探すセンサが働かなくなっている状態といえる。これは、病気といえば病気だろう、と僕は思う。

情報化社会が悪いのではない。周囲に流されることは、判断しなくても良い、考えなくても良い、ただ、みんなについていけば迷子にならない、自分だけ損をすることはない、という気楽な状態であり、生き方として省エネなのだ。体力を使わずに済む。頭を使わずに済む。そういう状態を続けているから、運動不足で肥満になったような状態に、頭もなっているのである。

周囲と一緒ならば安心だという心理

この傾向は、年齢が上がるほど顕著で、年寄りほど頭を使わなくなっている。「これが私の生き方だ」といった変な自信だけを築き上げて、今さら変えるつもりもない。頑固で固い頭が出来上がっている。決まり切ったことしかできない人間になっている。

考えてみると、こういったシステムは社会に非常に多い。一例を挙げれば、「季節の風物詩」というものがあって、元旦には初日の出を見なければならないとか、桜が咲いたら花見に出かけるとか、中秋の名月を眺めるために団子を供える、などといった「お決まり」のイベントが古来伝わっている。

そういう風習がいけないという話ではない。好きな人はやれば良い。少なくとも、自分が好きかどうかくらいは自問してみてはいかがだろうか。

自分が何をしたいのか、何が欲しいのかわからない人は、なにもすることがない状況に陥《おちい》る。慌てていろいろインプットしようとする。ＴＶで見たもの、本で読んだもの、周囲の誰かがやっているもの、そういうものから、自分が好きになれそうなものに手を出す。少しやってみると、それがどれくらい楽しいかが、少しわかる。でも、本当にこれが自分が好きなものなのか、という疑問を持つかもしれない。

そこまでいかないまでも、ただ、雑誌のページを捲って、こんな生活も良いな、こんなところへ行きたいな、と想像するだけで時間を消費する人は、さらに数が多いかもしれない。

仕事が趣味になってしまった人たち

今のお年寄りたちは、高度成長期の日本を支えていたという。大勢で支えていたから、一人一人の負担がどうだったかは知らないが、とにかくそれなりに忙しかったのは確かである。個人の趣味を楽しむなんて時間はなかった、とおっしゃる方も多い。僕は（それよりも少し下の年代だが）、かなり忙しく仕事に没頭していたけれど、趣味に時間が取れないということはなかった。好きなものというのは、どんなときでも、必ず第一優先なのである。もちろん、仕事の方が優先だったから、これは間違いで、第二優先である。それでも、寝るのも惜しんでやっていたし、食事をするのも惜しんでやっていた、という自信はある。

多くの場合、仕事に没頭していた人たちは、仕事が趣味に近い存在になっていたのだと想像する。一種のスポーツのようなもので、チームで戦っていた。苦労もあったが、手応えがあり、仕事が面白かっただろう。多くの会社が成長し、世界に向かっていた。そういう時代だった。

しかし、そのチームは解散になった。仕事の仲間は、もう遊んでくれない。気がつくと、家族ももう一緒になにかをするという態勢ではない。夫婦だって、一緒につき合ってくれるものではない。そう期待している人は甘い、と思う。

若い頃に比べて、お金はけっこう自由になる。子供がもういないから、教育費がかからないし、住むところも決まっている。仕事仲間と飲みにいくこともない。老年というのは、案外金がかからないのだ。さて、では何に金を使おうか?

もちろん、もう稼げないのだから、無駄遣いはできない。しかし、時間を持て余すことは確かだ。このまま、ぼうっとしていたら、老化が早く進むのではないか、という恐れも抱く。自分が好きなものに、今なら金も時間もつぎ込めるのに、好きなものがこれといってない、と気づく。そういう話をあちらこちらで聞いている。

ストレスを発散することが生きる目的か？

一方、若者はどうだろう。こちらは、とにかく金がない。少しでも良いところに住みたいし、友達づき合いでも金がかかる。着るものだって、安く済ませるわけにはいかない。あれもしたい、これもしたい。しかし、仕事は忙しい。そのストレスを発散させるために、日曜日くらいは好きなことをしたい、と思っているのに、つい寝過ごしてしまい、洗濯をするだけの日になってしまう。

将来のことを考えなければいけないな、と思っているうちに、あっという間に三十代になり、このままずるずると年を重ねていく人生で良いのか、という不安を抱き始める。家庭を持ちたい、という漠然とした希望があっても、どうすれば良いのかわからない。ただ、代わり映えのしない毎日が目の前を慌ただしく通り過ぎていく。

若者は、自分自身の環境を整えたい、という欲求を持っている。それは、家族などの人間関係や、住みたい土地、あるいは就きたい仕事など、ある程度広い範囲に及ぶだろう。だが、そのほとんどは、自分の希望どおりにはいかない。何故なら、どこかで売っていて、お金で買えるというものではないからだ。

子供のように素直に憧れる気持ちを

では、どうすれば良いのだろう?

その答は、言葉にすれば簡単である。自分で作れば良い。自分で築くものだ、ということである。そして、その方法は、どこを調べても見つからない。その方法も、自分で考えなければならないからである。残酷かもしれないが、言葉では、そう書く以外にない。

もちろん、幸運にも望んでいたものが舞い込んでくることもある。また、生まれながらにして、その環境が整っている人もいるだろう。そういった強運、幸運な人たちを見て、羨ましいと思うのは良いことだが、その気持ちを自分が前進するエネルギィに変えられるかどうか、という点が、そのあとの人生を決めることになる。少なくとも、自分は不運だと嘆いてもなにも変わらない。そのような感情は、はっきりいって無駄である。早々に切り捨てた方が身軽になって、前進しやすくなるはずだ。

他者を羨ましく思う気持ちは、とても大事だと思う。どうしてかというと、自分が欲しいもの、自分がしたいことを教えてくれるからである。価値があるものを知ることは、価値を手に入れるための第一歩であり、重要な目標をもらったことに等しい。だから、素直に憧れること、羨ましがることが、人を成長させる原動力となる。子供のときには、それができたはずだ。憧れることは、恥ずかしいことではなかった。それが、大人になると、恥ずかしくてできなくなる。素直ではなくなる、といっても良い。

ぴんと来るものを見逃さないこと

目指すものは、最初は曖昧な形でしかない。それは遠くにあり、輝かしく見える。しかし、きっと「これだ」とぴんと来るものがあるだろう。そのときの「ときめき」のような感覚を見逃さないこと。人間には、そのセンサが備わっているのである。

これは、僕と奥様で珍しく一致する意見の一つだ。なにかちょっと良いものを買おうかどうしようか、と話し合うときに、「こんなふうに議論をするってことが、もうあまり欲しいものではない証拠だよね。絶対に欲しかったら、もっとぴんと来るものがあるはずだから」といった感じになって、結論として買わない、つまり我慢しようということになる。「ぴんと来るもの」に出会うまで、お金を持っていれば、いずれそれが現れたとき、躊躇なく決断ができる。ぴんと来ないものを買ってしまったら、そういったものがあとから現れたときに、後悔するかもしれない。

自慢ではないけれど、僕はこれまで、自分が買ったものに対して、「あれを買ったのは失敗だった」という後悔をしたことがない。どうしてかというと、買ったあと、同じような製品に興味を失い、それを見るようなことがないからだ。もっと良いものがあったとしても、それを知るような機会がない。

また、時間が経てば、たいていのものは安くなるし、また、より優れた新製品が登場することもごく普通である。だが、すぐに使いたいから購入したのである。待てなかったから買ったのだから、早く買ったことで、既に価値を消費して、元を取っている、と考える。

僕は後悔というものをしたことがない

それくらい、買うときに決断をするから後悔をしない。これは、買いものだけではない。そもそも、僕は後悔というものをしたことがない。この話をすると、「自分に都合良く解釈しているだけじゃないか」と言われることがあるのだが、自分に都合悪く解釈するなんて、可能なことだろうか。もしできたとしても、僕には理解できない行為である。どうして、そんなことをしなければならないのだろうか。

どちらにしても、買うときには、いろいろな可能性を考える。ほかにも同じようなものはないか、くらいは調べてみる。そういった努力をして買えば、自ずと後悔するようなことにはならないだろう、と思うのだが、いかがだろうか。あとで新事実が判明したとしても、そのときの自分は知らなかったのだから、自分の責任ではない。そう考えれば良いだろう。自分に都合が良いふうに考えるというのは、けっして悪いことではない。誰にも迷惑はかけていないし、自分にとっても損はない。どこか間違っているだろうか？

好奇心を抱くことが人間の特長

欲しいものがない、というのは、とにかく、なんともしようがない状態である。欲しいものはあるが、店には売っていない、そういう製品がこの世にはない、という場合はまだ良い。それは、ある意味素晴らしい状況だ。それに近いものを見つけて、自分で改造するとか、あるいは最初から自作するとか、いろいろなアプローチが考えられる。これはとても楽しい時間になるだろう。

やはり、欲しいものが自分の頭にない、という状況が一番苦しい。イメージできない、と言い換えても良いだろう。

とりあえず、常に好奇心を持って、自分が欲しいものを探すことである。多くの人は、初めから「そんなことをしたらお金が余計にかかるから」という気持ちでいるから、探すこともしない。じっとしていれば、今の生活が維持できる。新しいことを始めたくない、という気持ちがどこかにあるから、欲しいものがイメージできないという結果になるのではないだろうか。

好奇心というのは、子供のときは誰でも持っていたはずだ。そもそも、人間の一番の特長は、この好奇心という能力である。どんな動物よりも、人間は好奇心が強い。これによって、地球上でここまで繁栄してきた。あらゆる科学、そして文化が、この好奇心によって生まれたのだ。

満足というのは、いわば好奇心を満たすことでもある。知りたいことを知る。手に取りたいものに触れる。新しいことを試してみる。思い描いたとおりかどうか確かめてみる。子供はなんでも自分でやりたがる。それが人間の本来の性質、本来の生き方なのである。

目を輝かせた時間を思い出そう

それが、社会に出て、生活しているうちに弱まってくる。周囲のみんなに同調していれば、まあまあ安全であり、なんとなく生きていけるからだ。人と違ったことをしてはいけない。自分一人が好き勝手なことをしてはいけない。そういうふうに社会から教えられる。こういった支配を受けて、自らの自由を萎縮《いしゅく》させている状況が、今のあなたかもしれない。

もちろん、それで自分は良い、そういう生き方でけっこうだ、という場合は、本当にけっこうだと思う。お幸せに、としか言葉はない。

しかし、なにか引っかかることがある人、このまま一生なにもないのは、ちょっとな、と暗澹《あんたん》たる思いを抱く人、子供の頃の夢をときどき思い出して溜息《ためいき》をつく人、また、人生の残りを自分のために使いたいと決意した人、そんな人たちは、ちょっとまず考えてもらいたい。ほかでもない、自分のことである。

これまでの人生で何が楽しかったか、と思い出してほしい。

どこかで、自分は目を輝かせた時間があったのではないだろうか。

そのときの気持ちをもう一度取り戻して、少しずつでも、できることを探して、試してみよう。急ぐことではない。誰かとの競争ではない。制限時間もない。死ぬまでに実現できなくても、誰かに責任を問われるわけでもない。中途半端であっても、絶対に面白い時間を持つことができるだろう。

その楽しさこそが、あなたの本当の価値なのである。

あとがき

自分で評価する「自分」を取り戻そう

お金は、自分の欲しいものに使う。必要なものよりも、欲しいものを優先しなさい、というのが本書の主な内容だが、それはつまり、自分にとって価値のあるものを得るために使う、ということであり、結局は、それが自分の価値を見つける方法だ、と僕は考えている。

ところが、ネット社会となった現代の大勢の人たちは、「自分」というものを見失っているように観察される。自分の大部分は、社会における自分の役目であったり、社会から評価される自分であったりする。これは社会学の専門用語でいうところの「me」であり、「I」ではない。

僕が本書で繰り返し書いた「自分」とは、あなた自身が評価するあなたのことだ。自分が本当に好きなもの、本当にしたいこととは、あなたが感じる自分の本質といえる。他者の存在をひとまず忘れ、社会における自分の立場や、人間関係をひとまず棚に上げて、自分一人の行動、考えを見直すことが、本当の自分を回復することにつながるはずである。

このような本当の自分をしっかりと持つことで、逆に社会的な貢献もできるし、社会からも評価されるだろう。それが正しい順序である。自分が捉えられないまま、他者に認めてもらおう、他者に感謝してもらおう、みんなと一緒に感動したい、みんなから憧れられるような存在になりたい、という心理は、自分の本来の能力や欲望から離れて、地に足がつかない、空回りしやすい危うい構造だということ。

人生の目標は「自己満足」である

「自分探し」という言葉が、少しまえに流行した。また、最近では「等身大の自分」などという表現も目立つ。自分は、誰にとっても一番身近であるはずの存在なのに、そういった言葉が使われることの不自然さを、少し考えてもらいたい。

「自分探し」というのは、結局は「自分が楽しいと思えるもの」を探すことと同義であるし、「等身大の自分」とは、すなわち自分が一人だと認識することに等しい。

自分を、他者との関係で評価しようと焦るあまり、自分の気持ちが見えなくなってしまう。人から褒められないと自分は嬉しくない。人と一緒でないと自分は笑えない。人に見てもらわないと意味がない。そういった価値観が、自分という存在を消してしまうのである。

人に褒められなくても、嬉しいものは嬉しい。自分一人だけで、こっそり笑えるものだってある。自分の行いは、自分が一番よく見てくれているはずだ。人に評価されないと価値がないという思い込みは間違っている。いったい誰がそんな変な価値観を作ったのか。それを、知らず知らずのうちに自分に課しているのは、ほかでもない自分自身なのである。

自己満足はいけないことだ、と教えられる。みんなと同じことを強要される。集団行動を取り、群れから離れるな、と子供のうちから言われている。仲間で一致団結することは、もちろん無駄ではない。大切な方法の一つではある。しかし、それがすべてではないはずだ。

自己満足は、人生の目標としても良いほど立派なことだ、と僕は考えている。ただ、社会で生きていくためには、まったく他者を切り離してしまうことは難しい。自分を大事にするためには、他者に迷惑をかけないことが第一であり、それもまた、回り回って自分の利益となるだろう。

社会的なもので個人の満足を得る矛盾

お金というのは、個人的なものではない。社会がなければ存在する意味がない。人間関係にも、あるいは社会的立場にも、お金は絡んでくる。これは、たとえば「言葉」というものに似ているかもしれない。言葉は、本来は他者と意思伝達をするためのツールであるが、言葉があることが自身の思考を深める。言葉が、時間を超えて人の意思を伝えることもある。

同様に、お金も意思伝達のツールである。世の中のあらゆる問題に、お金は関係してくる。お金が絡む問題だからと眉を顰《ひそ》める必要はない。お金は、忌み嫌うような対象ではけっしてない。お金があるから、問題が解決する場合も多いし、お金が人を救うこと、人を助けることも多い。今では、お金は力であり、可能性でもある。

社会のツールであるお金を、「I」という自分の自己満足に使うことは、本来の意味では矛盾を孕《はら》んでいるだろう。自分だけの世界、自分だけの孤独の価値に、社会的な力が何故必要なのか、という疑問が生じるからだ。

その矛盾は、精神と肉体が切り離せないことに行き着くものだ、と僕は考える。欲望も満足も、精神の作用であるけれど、その精神は肉体によって成り立っている。肉体は社会の中で生きているのであり、社会の営みから逃れられない。そういう理屈だ。

もちろん、願望の中には、まったく精神的活動のみで完結するようなタイプのものもある。そういった方面に自分の欲求があれば、お金はほとんど必要ない。生きていく最低限の活動を肉体に任せるだけで、幸せが維持できるだろう。

お金は「欲しい気持ち」を測る物差し

既に述べたように、お金を使わないと楽しめないタイプの人は、大いに稼いでお金持ちになれば良いし、お金を使わないでも楽しめるタイプの人は、あくせく働く必要はない、というアドバイスになる。いずれも、自己満足を追求していることでは同じであり、自分の価値のために生きている。その価値の自分にとっての実現が、つまりは自由の達成であり、幸福というものになるだろう。

この場合、お金は、どちらも同じだけ役目を果たしている。その目的に対して、過不足ない状況で良い、というだけである。ゼロでは困るし、余分にあっても意味がない、ということだ。

日本人の多くは、「お金の話をするな」という古来の空気に支配されているところがまだある。お金は、単なる数字である。長さや重さを測るように、価値を測る数字である。価値というものは、人によって違うわけだが、それでも、値段でだいたいのところを伝えることができるだろう。

「いくらなら買うか」という数字が、つまり「欲しい気持ち」を測ったものになる。その気持ちは、人によって異なるし、また、同じ人でも、時間とともに変化する。そういった気持ちを、ある一瞬で測ることが、お金という物差しの役目である。

自分のお金を出す気で考えれば価値がわかる

僕は、父と一緒に骨董品屋によく行ったので、値段を聞いて、そこにあるものの価値を知った。大人になっても、この種のものの価値を、値段で考える。自分なら、いくら出すか、いくらなら買っても良いか、というように考える。骨董品屋は、値段が示されていない。だから、欲しいものは店の人に尋ねることになるが、尋ねるまえに、いくらなら買うか、と決めてからきくことにしている。

買うつもりになることで、ものの価値がわかるようになる、というのは本当である。この経験を重ねると、価値を見極める目が育つ。店の人が答える値段が、自分が考えたものとそれほど違わないようになる。つまり、誰が見ても、そのくらいなのだな、ということがわかるのだ。

模型でもそうだし、絵画などの美術品でもそうである。また、奥様と一緒にブティックなどに入ったとき、僕は奥様よりも的確に値段を当てることができる。僕がいくらと言ってから、奥様が値札を調べると、だいたい合っている。三割も上下しない。高そうに見えるものは、高いのだ。

ただし、こういった僕の目利きが外れるものがある。それは、ブランド品だ。僕が言う値段の倍くらいの数字になっている。これは、僕がブランドというものに、価値を感じないから生じる誤差だろう。

自分にはものの価値が全然わからない、という人は、自分の金を出す気になって見ていないからである。人の金とか、会社の金では、もちろんわからない。自分が稼いだ自分の金だからこそ、「このくらいなら交換しても良い」という感覚が記憶され、それがその人の価値観を形成する。

人は自分が望んだとおりの者になる

仕事でいくら大きな金額を動かしていても、個人の金銭感覚は身につかない。また、自分で稼いだ範囲の金額でしか、ものの価値はわからない。

そんな高額なものの価値なんか知りたくもないよ、というのが普通かもしれない。知りたくもないものは、つまり知らずに終わるものである。

いつも書いていることだが、人間は、望んだとおりの者になる。望まない者にはならない。誰もが、日常において、常に自分の欲望を基本として選択し、自分が望む道を選んで歩いている。

欲しいもの、したいことがあれば、それは必ず実現する。何故かというと、それを手に入れる方法、それを実現する方法を考え、そのための活動をするからだ。少しでもそちらへ近づこうと努力をする。その過程で、無理ではないか、という不安を持つことも普通であるが、努力を続け、諦めなければ、少なくとも近づき続けるだろう。

もし、それが実現しなかったとしたら、それは、「諦めよう」という道を選択したときである。これも、その希望のとおりになるはずだ。

欲しいものと必要なものの整理をしよう

本文でも書いたことだが、僕は自分の所有物を売ったことがほとんどない。例外は、学生時代に漫画の本を売ったのと、それから、新しい車を買うときに、まえの車を下取りに出した場合だけである。

土地も家も、何度か買ったり建てたりしたが、売ったことはない。自分で買ったものは、自分が欲しいものだった。だから、売る気にはなれない。ネットのオークションやフリーマーケットを見ていると、どうして、世間の人は、自分で買ったものをそんなに売りたがるのだろう、ととても不思議に思う。

おそらく、よく考えず、衝動買いしているのではないだろうか。今買わないと、あとで手に入らなくなる、と脅かされて買ったのかもしれない。また、必要だからと買ったものでさえ、売ってしまうことが多いみたいだ。これも、必要ではなかったのか、と不思議に思う。

僕が、ものを売らないのは、お金が欲しいと思ったことがないからだ。バイトのために小説を書いたときも、お金が欲しかったのではなく、線路を敷く場所が欲しかったのである。

欲しいものと、必要なものを、少し整理してみてはいかがだろうか。

もし、自分が欲しいものがわからないという方は、一カ月くらい、スマホの電源を切っておくだけで、少しわかるようになれるだろう。

孤独を感じる時間を、もっと大事にすれば、わかるかもしれない。

そう、まず、お金を使って、孤独を買った方が良いだろう。

孤独を手に入れるために、お金を減らすなんて、なかなか粋《いき》ではないか。そういうものが、本当の美学だといえるかもしれない。

僕も、もっと精進して、もう少し孤独で寂しい素敵なお金の減らし方を、もうしばらくの間、じっくりと考えてみたい。

解説

古市憲寿

時代に真っ向から対立する本である。

何せ日本社会は空前の「お金の増やし方」ブームなのだ。新NISA（少額投資非課税制度）が始まり、日常会話でも株や金融の話題になることが増えた。折しも東京株式市場での日経平均株価が史上初の四万円を突破し、バスに乗り遅れるなとばかりに投資熱が高まっている。本格的な物価上昇が始まれば、ただの貯金は目減りしていくわけだから、理解可能な現象だ。

書店に行ったり、YouTubeなどを覗《のぞ》けば、実に多くの論者が「お金の増やし方」を披露している（そして大抵は「素人は投資信託で米国株のインデックスファンドを選ぶのがいい」といったことが説明される）。アメリカのように、お金を持つ人ほど信用力を担保に借金をして、それを元手に更にお金を稼ぐというスタイルも当たり前になった。

そんな時代になぜ「お金の減らし方」なのか。そもそもなぜ「お金の減らし方」なんていう本を読みたい人がいるのか。お金なんて使えばいくらでも減っていくではないか。

特にタイトルだけを見た人は、清貧を説く本かと勘違いするかも知れない。お金がなくても幸せに暮らしていける。欲望を捨てて、身の丈に合った暮らしを送りましょう。そんな、お坊さんが書くような本にも思える（いや、お坊さんだから清貧というわけではないですね）。だが本書は清貧の勧めではない。

今でこそベストセラー作家として有名な森博嗣さんだが、研究者としてのキャリアを始めた頃は、あまりお金がなかった。その時の森さん夫婦にはこんな方針があったと言う。「欲しいものはなんでも買えば良い、でも必要なものはできるだけ我慢をすること」。

そう、常識とは真逆なのである。

この「欲しいもの」というのがポイントだ。本書を通底する価値観でもある。

実は現代人の多くは「欲しいもの」を知らない。糸井重里さんが西武百貨店のために「ほしいものが、ほしいわ。」というコピーを考えたのは、一九八八年のことである。時代はバブル真っ盛り、日本社会は急激に物質的な豊かさを手にした。だがお店に商品こそたくさん並んでいるけれど、本当に欲しいものが見つからない。そんな時代の空気を捉えた名コピーである。

この「ほしいものが、ほしいわ。」という時代は今も続いていると思う。テレビや雑誌からYouTubeやSNSに媒体は変わったものの、相変わらずメディアは僕たちの消費欲を刺激し続けている。だが消費によって満たされる快感は一瞬、ということが少なくない。

インフルエンサーが身につけていた時は素敵に見えたはずの服やアクセサリーも、自分で買ってみるとそうでもなくて、すぐに飽きてしまう。一体、自分が本当に「欲しいもの」は何なのかわからず、つい他人の欲望に踊らされてしまう。

この「欲しいもの」を見つけるためには二つの戦略があるだろう。

一つは本書の推奨するように、きちんとシミュレーションをすること。自分の欲求を把握し、何かを買う時には頭の中で自分の気持ちを想像する。まるで研究者になったような気分で、冷徹に自分の欲求を「観察」し「予測」する。「失敗」した場合は何を間違ったのかを「検討」して次回の「予測」に活かす（本書49ページ）。

もう一つは、手当たり次第、色々な経験をした上で自分の欲望を見極めるという方法だ。一つ目に比べるとあまりにも無駄が多くて、森さんには呆《あき》れられてしまうだろう。だが誰もが冷静に自分の気持ちを想像できるわけではない。

残念ながら僕は、興味を持ったことに対して、片っ端から試してみないと「欲しいもの」が見つからないタイプだ。総じて、本書の推奨する生き方とは真逆の日々を送っている。

つい先日も資本主義を体現した街、ラスベガスに行ってきた。カジノには関心がないのだが、二〇二三年に開業した球体型アリーナ「スフィア」でU2のライブを観たかったのだ。

訪れたのは公演最終日の前日。アメリカの人気ライブはリセール（転売）が当たり前なのでチケット自体は直前でも買えるのだが、安い席でも一枚千ドルほど。一階の端の席を買ったら、端の上に奥で、スフィアの全貌を体感することができなかった（U2は見えた）。あまりにも悔しかったので、翌日またU2のライブに行ってしまった。今度は四階席だったが、きちんと演出を含めて楽しむことができた。通常のコンサート会場と違って、一階よりも四階の方に価値があるというのは面白いと思った。

ファンには怒られるだろうが、実はU2の曲はただの一曲も知らない。ではなぜわざわざラスベガスにまで行ったかと言えば、「流行ってるから」。実のところ、他の来場者も熱心なU2ファンばかりというわけではなさそうだった。

そしてほとんどの人が、スマートフォンを片手にライブの写真や動画を撮るのに必死だ。

公演は全40回もあったのだから、自分で撮影しなくても、同じような写真や動画はいくらでもSNS上に転がっているはずである。それにもかかわらず、僕もずっとスマホを手にしながらライブを観ていた。趣味でU2を楽しみに来ているのか、資料映像を撮りためる仕事で来ているかわからない。ちなみにその翌日も「ポストカード・フロム・アース」というスフィアの通常公演を鑑賞してきたのだが、プラネタリウムのような映像が流されているだけで、あまりのつまらなさに途中で寝てしまった。チケット代は300ドルほどである。

ホテルはグーグルマップ上でスフィアに一番近いという理由で、ホリデイ・イン・クラブ・バケーションズを選んだのだが失敗だった。少し調べればわかったのだが、ザ・ベネチアン・リゾートというホテルなら、スフィアと回廊で直結だったのだ。ホリデイ・インはキッチン付の家族向けホテルで、一人の僕には使い勝手が悪かった。次回、スフィアに行く時は、きちんと好きなアーティストの公演を上の方の席から観て、ベネチアンに泊まろうと思う。本当はこんなこと、事前にシミュレーションすべきですね。

失敗が多いのは旅行以外でも同様である。クローゼットには、所狭しと服が並んでいるものの、実際に着るのはごく一部。ついデニム地の服を買ってしまう癖があるのだが、硬い生地は苦手なので、あまり日常的に身につけようとは思えない。結局、同じようなシャツやフーディばかり着回している。

この前、さすがに自分でも笑ってしまったのは、全く同じシャツが二着あったこと。それぞれのシャツを買った時のことは覚えている。一つはロンドンのヒースロー空港で乗り換えをする時の免税店、もう一つはニューヨークに行く前に立ち寄った羽田空港の免税店。それぞれ気に入って買ったもののはずだが、さすがに二着はいらない。

一方で、欲しいものを全て手に入れてきたという実感もない。

数年前、フランスのボンマルシェで迷った上に買わなかったオフホワイトのシャツのことを今でも思い出す。「欲しいもの」を選んできたはずなのに、なぜか家には「欲しいもの」ばかりが並んでいるわけではない。

作家の林真理子さんよりはマシだと思うが（林さんのクローゼットは未踏のチョモランマと呼ばれている）、森さんからすれば不思議だろう。いや、森さんは森さんで我々（勝手に林さんと自分を一緒の派閥ということにする）からすれば不思議なのである。

森さんは自分で服を買った経験がなく、服屋に入ったことさえ一度もないらしい。サイズさえ合えばどんな服でもいいとまでいう（本書123ページ）。いや、サイズ一つとっても細かな流行があって、むしろファッションにとってシルエットが一番大事なんですとお伝えしたくなるが、森さんには何も響かないだろう。

本書を読む限り、森さんは流行なんてものに一切興味がないのである。きちんと自分の「好きなこと」や「欲しいもの」がわかっているから、時代や世間が作り出す「流行」を気にする必要なんてないのだ。

もちろん、我々も流行の胡散臭《うさんくさ》さに気付いていないわけではない。服なんて機能で見れば随分と長いこと、本格的な進化などないことくらい知っている。服だけではない。自動車もスマートフォンもほとんどの商品が同様である。iPhone14とiPhone15の違いなんて誤差と言ってもいいと思う。それでもなぜ性懲りもなく新しいモノを買い続けるのかといえば、ただ違うものが欲しいから。消費社会論風に難しく言うと、消費とは差異の体系内で自分の位置を獲得するための行為に過ぎない。

社会学者のジャン・ボードリヤールをはじめとする消費社会論の議論は、本書とも親和性がある。

現代の消費社会では自律的な欲求を持つことが非常に難しい。たとえば「フェラーリが欲しい」という欲求一つをとっても、その前提には「フェラーリは富裕層が持つもの」「フェラーリを持つのはモテる人」といった社会に存在するいくつものイメージがある。そうしたイメージを学習しながら、人は「フェラーリが欲しい」という欲望を持つことが多い。

我々は価値や機能ではなく、意味を買っている。だから東京暮らしの人もフェラーリを買うし、林真理子さんはチョモランマが形成されるほど服を買い漁《あさ》る。そして僕はこの文章を書きながら、今週末訪れるミラノで何を買おうか考えている。

確認しておくと、本書はどのようなライフスタイルも否定していない。お金を使う生き方も、使わない生き方も、どちらも否定していない。終わりなき消費社会のレースに巻き込まれ、右往左往しながら散財するのも一つの人生だろう。

だが、どのような人にとっても、この本は、立ち止まり、自分自身を考えるきっかけを与えてくれるはずだ。誰でも、欲しいものや好きなものくらい容易《たやす》く言えるだろう。だがそれは本当の意味で欲しいものなのか。好きなものなのか。自明だと思っていたことも、突き詰めていくと、怪しくなっていく。その突き詰める作業をこの本は手伝ってくれる。

本書は、森博嗣という天才によって書かれたものだ。バイト代わりに初めて書いた小説が出版され、今までに350冊以上の本を出してきた。印税収入は20億円以上になったと何でもないことのように書かれている。執筆に際しても取材などせず、頭の中にあるものだけで書いているという。執筆は一日一時間というが、筆が非常に速いことで知られている。

そんな天才の言うことが、一般人にも当てはまるのかという疑問はあるだろう。だが天才（確率的に希有《けう》という意味で変人と言い換えてもいいのかも知れない）の考えることは面白い。本書の内容を全て実践する必要はない。さらっと書かれている「一ヶ月くらい、スマホの電源を切っておく」というアドバイスも、ほぼ全ての現代人は不可能である。やっぱり天才の発想は興味深い。

だけど今、自分がどんな状態にあっても、自分自身に向き合うことはできる。「好きなこと」や「欲しいもの」を考えることを通じて、自分の本当に価値に気付くという読書体験自体が、人生にとって意味があるものになるだろう。

本書が世に溢れる「お金の増やし方」といった類いの本や動画と違うのは、タイトルが真逆というよりも、他ならぬ「あなたの人生」についての本だという点だ。繰り返し問われるのは、「あなた」は何が好きで、何が欲しくて、どのように生きたいのかということである。

森さんに会ったことはないし、多分これからも接点がなさそうだが、この本を読む限り、真摯で優しい人なのだと思う。本書『新版　お金の減らし方』は、時代にも世間にもおもねらない、忖度《そんたく》が一切のない優しい本である。

（ふるいち・のりとし　社会学者）

著者略歴

森 博嗣（もり・ひろし）

1957年愛知県生まれ。小説家、工学博士。某国立大学の工学部助教授の傍ら1996年、『すべてがFになる』（講談社文庫）で第1回メフィスト賞を受賞し、衝撃デビュー。以後、犀川助教授・西之園萌絵のS&Mシリーズや瀬在丸紅子たちのVシリーズ、『φ（ファイ）は壊れたね』から始まるGシリーズ、『イナイ×イナイ』からのXシリーズがある。その他の著書に『女王の百年密室』（幻冬舎文庫・新潮文庫）、映画化されて話題になった『スカイ・クロラ』（中公文庫）、『トーマの心臓 Lost heart for Thoma』（講談社文庫）などの小説、『森博嗣のミステリィ工作室』『森博嗣の半熟セミナ博士、質問があります！』（以上、講談社文庫）などのエッセィ、ささきすばる氏との絵本『悪戯王子と猫の物語』（講談社文庫）、庭園鉄道敷設レポート『ミニチュア庭園鉄道』1〜3（中公新書ラクレ）、『「やりがいのある仕事」という幻想』『夢の叶え方を知っていますか？』（以上、朝日新書）、『孤独の価値』（幻冬舎新書）、『人間はいろいろな問題についてどう考えていけば良いのか』（新潮新書）、『集中力はいらない』（SB新書）などの新書も多数。

SB新書 657

新《しん》版《ばん》 お金《かね》の減《へ》らし方《かた》

2020年4月15日 初版第1刷発行
2024年8月8日 新版第2刷発行

著　　者　森《もり》 博《ひろ》嗣《し》
発 行 者　出井貴完
発 行 所　SBクリエイティブ株式会社
〒105-0001 東京都港区虎ノ門2-2-1

装　　丁　杉山健太郎
イラスト　須山奈津希
本文デザイン DTP　株式会社ローヤル企画
校　　正　有限会社あかえんぴつ
印刷・製本　中央精版印刷株式会社

本書をお読みになったご意見・ご感想を下記URL、
または左記QRコードよりお寄せください。
https://isbn2.sbcr.jp/26235/

ISBN 978-4-8156-2623-5